忘れさせてよ、後輩くん。

Let me forget my first love.

2

高梨《たかなし》冬莉《とうり》

高校二年生。夏梅が所属していたバスケ部のマネージャーであり、気遣いのできる後輩。

堀田マキナ
ほった まきな
高校二年生。文化祭実行委員長を務めるリーダー気質な優等生で、歯に衣着せぬ性格が上級生にから好かれている。
「そこ、うっさいでーす。だからあなたたちはモテないんですよー」
「……可愛くない後輩で悪かったですね」

「少年に任せればだいじょーぶだなぁ♪　頼りにしてるぞぉ！」
海果
うみか
不可思議な現象を起こす『七つの季節』が訪れるとき、その対象となる少年少女の前に現れる。
白濱夏梅
しらはま　なつめ
高校三年生。春瑠と同じ
学を目指す受験生であ
冬莉の扱いに慣れた先

広瀬春瑠
ひろせ　はる
地元を離れて東京の大学に
通う、夏梅の憧れの先輩。

忘れさせてよ、後輩くん。2

あまさきみりと

角川スニーカー文庫

23170

CONTENTS

プロローグ

私の好きなセンパイには、別の好きな人がいる。

だから、センパイを近くで見守るだけの現状維持を続けた。

そうするしかなかった。

告白してしまったら、いままでの関係が壊れてしまうかもしれない。

唯一の居場所すら失ってしまうのが怖かったから。

恋人になれなくてもいいから、センパイにとって〝一番仲良しの後輩〟という立場だけは……どうしても守りたかった。

そんな臆病者の私を嘲笑《あざわら》うかのように——

忘れられない特別な夏が、やってくる。

第一章　忘れられない思い出になりそうじゃないですか

夏休みが終わり、休みボケが残った八月末。

突っ立っているだけでも汗ばむ肌。遥《はる》か上空に灼熱《しゃくねつ》の太陽がしぶとく居座り、僕らを干涸《ひから》びさせんとばかりに輝いているのが憂鬱でたまらなかった。

夏休みという期間が過ぎ去っても夏という季節はすぐ終わらない。変わらない。

「んっ……」

まとわりつく暑さで目が覚め、朝だと認識する。

朝七時半。休日なら二度寝するところだが平日なので学校があり、怠《だる》さを感じつつもベッドから這《は》い出た僕は制服に着替えたあとにリビングへ。

ソファの足元には床に横たわる死体……いや、よく見ると気持ちよさそうに寝ている母さん。昨晩に酒を飲んで寝落ちしたのが容易に想像できる。もはや見慣れた光景なので気にも留めず、僕は冷蔵庫から取り出したベーコンと卵を焼き始める。

「……にょわぁ……わたしにも〜たまご〜やいて〜」

母親の亡骸《なきがら》から呻《うめ》き声《ごえ》が聞こえた気がしたが、熱せられたフライパンの上で半透明の白身が踊る音に耳を傾けた。

「……むすこ〜無視するな……ひどい……わたしもごはんたべる……」

気のせい。

「……うえーん……うえーん……二日酔いで頭痛い……」

大人が幼児化するという白濱《しらはま》家の恥部。他所様《よそさま》にはとてもお見せできない。もぞもぞと動き始めた母親が寝ぼけ眼《まなこ》のまま、消え入りそうな声で泣き真似《なまね》を繰り出している。あと、寝ぐせが荒波のように暴れていて凄《すご》い。

まったく世話の焼ける母親だ。もし僕が大学生になって東京にでも行ったら一人で生きていけるんだろうか、この人は。心配すぎる。

まあいいや。卵に火が通るまでの隙間時間で春瑠《はる》先輩のSNSを眺めるモーニングルーティンを熟《こな》し、二人分のベーコンエッグを皿に盛りつけた。

ついでに二人分のトーストも焼き、マグカップにお湯を注いでインスタントコーヒーを準備してから母さんを呼ぶ。

「……息子よ……おこして……」

「自分で起きろ」

「……うえーん……赤ちゃんだから一人じゃ起きれない……」

「くたくたのTシャツを着た二日酔いの赤ちゃんはいませんよ」

「……いる〜……ここにいる〜……」

「この赤ちゃんは昭和何年生まれでしょうか？」

「……おなかすいた……はやくごはん食べよう……」

都合が悪い部分はスルーする腹立たしい赤ちゃんだ。

両手をあげてバンザイする自称赤ちゃんの甘えた言動に呆《あき》れつつ、母親の両脇を抱えた僕はテーブルのほうへズルズルと連れていった。

こんなやり取りも普段通り。代わり映えしない日常の一コマに過ぎない。

テレビから流れる天気予報をＢＧＭにしながら親子でだらだらとトーストを齧《かじ》り、首振りしている扇風機の生暖かい風を浴びつつコーヒーを啜《すす》る。

「……ねえ、息子さんよ……」

僕のほうを眠そうな瞳で見詰めてきた母さんが、ぼそぼそと喋《しゃべ》り出す。

「……最近……素敵な青春してますかい……？」

「今日も暑くなりそうだなー」

「……ひどい……マザーの雑談をシカトするとは……うう……」

話題に中身がなさそうだったので華麗に無視したのだが、ワザとらしい泣き真似をしながらチラチラと様子を窺《うかが》ってくる。構ってほしいらしい。面倒なマザーだ。

「……目玉焼き……半熟のほうが好み……」

「だったら自分で焼いて」

「……ぐう……」

「食べながら寝ない」

「……最近……素敵な青春してますかい……？」

話が振り出しに戻ってきた。

この母、寝ぼけているときは独特のセンスで会話してくるから困る。

「学校が終わったら受験勉強してるって知ってるだろ？　素敵な青春なんてないよ」

「……えー……あと少しの高校生活なのに……もったいないのう……」

「そのぶん大学生になったら青春っぽいことをするつもりだからいいの」

「……へぇ……誰とですか……？」

「誰とだろうねぇ」

口を滑らせすぎた……。思わず声が上ずってしまい、母さんの口角が僅かに上向く。

「……春瑠ちゃんかなぁ……？」

「ノーコメント」

「……これはマザーの観察眼だけど……まだ付き合ってるわけじゃないよね……」

「どうでしょう」

「……もし春瑠ちゃんと付き合ってたら……もっと浮かれてデレデレして……めちゃくちゃ気持ち悪くなってるはずだもん……」

マザーの観察眼、鋭い。

「今の僕は真面目だから気持ち悪くないってことね」

「……うーん……春瑠ちゃんのＳＮＳを見てニヤニヤしてるのがキモいくらい……？」

「ニヤニヤはしてないからな。無表情で見てる」

「……それはそれで……キモいっしょ……」

キモいっしょ、じゃねえ。僕のモーニングルーティンを茶化《ちゃか》すな。

バツが悪そうに目を伏せる僕の様子をおもしろそうに眺める母さんは、息子の恋愛事情などお見通しのようだ。

このウザすぎる笑顔はすぐにでも消し去ってやりたいが、

「……でも、悪くない……最近の夏梅《なつめ》は……前よりも楽しそう」

唐突に優しい親の顔を見せてくるから、いつも調子が狂わされている。

「……そういえば夏梅って……誰かに告られたことないの……？」

「調子に乗って僕の恋愛事情を深掘りしようとするな」

「……ええ〜……親としては子供の恋バナは聞きたいでしょ〜……」

「今すぐ二度寝しろ」

「……もう目が覚めちゃった……ギンギーン……」

「母さんは朝っぱらからよく喋るよね」

「……だってぇ……夜は酔っぱらってるから話をすぐ忘れちゃうし……すぐ眠たくなっちゃうし……夏梅は夜遅くまで勉強してるし……朝くらいしかゆっくり喋れないから……」

とろんと眠そうな瞳は相変わらずだが、ぼそぼそと聞こえづらかった声が少しばかり軽快に弾み始めた。

「もしかして母さんなりに気遣ってくれてる？」

「……私のせいで受験に落ちたって……夏梅に泣かれたくないからね……」

「母さんのせいにしないし泣かないし、そもそも落ちませんけど？」

「……えへへ……それじゃあ夜もたくさん話しかけていい……？」

「すぐ寝てくれると静かで助かる」

「……ひーん……ひどいんじゃあ……母親に冷たいんじゃあ……」

わざとらしい泣き真似に思わず笑いそうになってしまう。

僕が珍しく早起きしたせいで朝食の時間に雑談できるくらいの余裕が生まれ、しかも今日は恋愛方面に関して母さんが興味津々だから面倒だけど、家族の会話はやっぱり楽しい。

「……この場に晴太郎《せいたろう》がいたら……なんて言うんだろうね……」

棚の上に置かれた兄さんの写真。

そこに視線を移した母さんは穏やかに微笑《ほほえ》みながら呟《つぶや》いた。

「たぶん……奥手な弟をからかいながら、なんだかんだで応援してくれるんじゃないかな」

もし兄さんがこの場にいたなら、へらへらと笑っていたと思う。

おそらく母さん側について僕を茶化したり、春瑠先輩を口説くためのアドバイスを熱弁してくれたりするかもしれない。

たじたじになった僕はそっぽを向きつつ、呆れながら笑う……みたいなさ。

不可思議な陽炎《かげろう》が魅せた兄さんの幻はもう消えてしまったけれど、そんな温かい家族の団らんが脳裏に浮かび上がってきた。

「……そういえば……息子さん……」

「なに？」

「……ずいぶんとゆっくりしておられますが……今日は学校ありますよね……？」

壁掛け時計をちらりと見た母さんにつられ、僕も時計のほうへ視線を振る。

時刻はもうすぐ八時を回ろうとしており、制服姿でコーヒーを啜りながら呑気《のんき》に親子トークしている場合じゃなかった。

「……このまま愛するお母さんと仲良くお喋りして……まったりサボりましょうか……」

「いや愛してないし母さんも仕事行って」

「……そうだねぇ……夏梅がニートになっても大丈夫なように……働かなきゃあ……」

「好きなだけ酒飲むために働いてるだけでしょ」

「……そんなことないもーん……夏梅のためだもーん……」

あざとく頰《ほお》を膨らませた母さんの不服そうな顔を受け流す。

この人は立派なことを言っているように聞こえるが、母さんが稼いでいるお金の大半は母さんの無駄遣いに消えているだけなのである。

大学生になったら仕送りには期待せず、すぐにバイトを見つけなきゃな……。

「……って、母さんと遊んでる場合じゃない！　学校行く準備しないと！」

「……もっと遊んでくれやぁ……もっと一緒にいてくれやぁ……もっと愛して私を見てくれやぁ……」

さっさと立ち去ろうとした僕にしがみついてくる母さんと、そのまま力任せにズルズルと前進しようとする僕の攻防戦が熱い！

朝っぱらから実にくだらなすぎるやり取りをしていたら――

ピンポーン

インターホンが鳴る。

早朝からアポなしの来客なんて滅多《めった》にないため訪問販売あたりだろうと思ったが、居留守を使おうにも僕らはギャーギャーと騒がしくしすぎた。

もしかしたら隣人からの苦情かもしれない。ちょっと面倒な予感がする。

「僕は急いでるから母さんにまかせた」

「……んあっ……ズルいんじゃあ……」

腰に纏《まと》わりついていた母さんを振《ふ》り解《ほど》き、僕は歯を磨くために洗面所へ。

渋々と怠《だる》そうに玄関へ向かった母さんの足音が止まる。

自らの歯磨き音が煩《うるさ》くて玄関の会話はあまり聞こえないものの……母さんの話し声に聞

き覚えのある声も混ざっているような？

気のせいだ、気のせい……完全に気を抜いていると洗面台の鏡越しに母さんの姿が映り、僕は反射的に振り返った。

「……夏梅の知り合いっぽい人が来たよ……」

「誰？」

「……小さくてかわいいジェーケー……」

「小さくてかわいいジョーカーの知り合いなんていません」

「……ボケがぁ……ジェーケーっつってんだろ……女子高生だろがよ……」

この母親がたまに口が悪くなるのはさておき、僕の知り合いに小さくて可愛《かわい》い女子高生なんていな……いや、一人だけ心当たりがある。

可愛いかは好みの問題だとしても特にバスケ部男子の間では「遠目から見守りたい可愛さ」と囁《ささや》かれ、そいつに片思いしていたやつも結構いた。

「……あの子……どこかで見たことあるような……ないような……？」

「母さんは酔っ払ってるときもそんなことばっかり言うからな」

「……ひーん……今は酔っぱらってないのにぃ……」

泣《な》き真似《まね》をする母さんをスルーし、歯磨き粉だらけの口内を急いですすいだ。知り合いの女子で母さんと面識があるのは春瑠先輩だけだと思うので、おそらく記憶違いだろう。

「……女の子……かわいい女の子……青春の香り……」

「母さんはどっか行ってて」

「……私は遠くから見守っている……母だもの……」

「仕事行け」

春瑠先輩以外の女子が初めて来たせいかテンションが高いらしい母さんは、陰湿な微笑みを浮かべてリビングに引っ込んでいった。

僕が思い浮かべている〝あいつ〟ではないだろうな～と軽く考えつつ、玄関に向かった僕の目に飛び込んできた制服姿の女子は――


「……相変わらずの間抜け顔ですね、夏梅センパイ」


高梨冬莉《たかなしとうり》。

バスケ部のマネージャーにして僕の後輩が玄関先に立っていたのだ。

中学のころから見慣れた立ち姿のはずなのに、僕の家に冬莉がいるという珍しいシチュエーションだからか新鮮な感覚に包まれ、胸の奥に僅かな熱がこもる。

落ち着け自分、動揺するな。平常心でいこう。

「やっぱり冬莉だった」

「……やっぱりってどういう意味ですか？　センパイのお母さんにはまだ名乗ってなかったんですけど」

「小さくて可愛いＪＫが来たって聞いたから……なんとなく？」

とぼけた僕がそう言うと、冬莉は小さく頷《うなず》き始める。

「……小さくて可愛いっていう情報から私の姿を思い浮かべたってことは、夏梅センパイは私を〝可愛い〟って思っている……ってことですよね？」

「えっ？」

「……思っているんですよね？」

したり顔になった冬莉が鋭く追及してくる。

「それはさておこうか」

「……さておかないです」

冬莉にとっては興味深いらしく簡単には逃がしてくれない。

「そもそも女子の知り合いが少ないし、朝から僕の家に来るような物好き女子高生なんて冬莉くらいしか思いつかない」

「……失礼ですね。変な後輩みたいに言わないでください」

「変な後輩って遠回しに言ってるんだぞ」

冬莉のクールな瞳に若干の不服そうな色が灯《とも》った。

「……私のどこが変なんですか？」

「朝から連絡もなしに僕の家に突然来て僕を困らせるところとか、とても変だと思う」

「……それは変ではなく後輩の優しさです。朝が弱い夏梅センパイが遅刻しないように様子を見に来ただけです。面倒見が良いんです」

　これは日常的な行動だとでも言わんばかりに淡々と話す後輩だが、僕の家に冬莉が来ること自体が稀《まれ》だから少しだけ不思議な印象を受ける。

　早朝の自主練に僕がたまたま寝坊し、待ちくたびれた冬莉が呆《あき》れ顔《がお》で迎えに来たのが直近の記憶。とはいえ、一年以上も前の話なのだが。

「……すみません、ご迷惑でしたか？」

「どうして？」

「……いえ、センパイが戸惑っているような感じなので……慣れないことはするものじゃないなと」

　先ほどまでの堂々とした様子から一転、冬莉は申し訳なさそうに瞳を伏せた。

「……ごめんなさい、それでは」

　俯《うつむ》き気味で逃げるように踵《きびす》を返した冬莉の肩を思わず掴《つか》んでしまう。

　引き止め際に視線が合った瞬間、二人のあいだには気まずい沈黙が流れた。たまーにあるんだよな。今みたいに冬莉がもじもじと言《い》い辛《づら》そうに口籠ってしまう時間が。

「いきなり来たから驚いただけで迷惑ではないよ」

「……嬉《うれ》しかった、ということですか？」

「嬉しくもなかったけどな」

「……夏梅センパイって素直じゃないところありますよね。まあ、小さくて可愛い後輩がわざわざ様子を見に来たらテンション上がるのも理解できますけど」

こいつ、わかりやすく調子に乗り始めた！

本人はポーカーフェイスを気取っているが、クールを装っているつもりの声音が僅かに跳ねたりするから僕にはお見通しなんだよ。

冬莉は表情の動きが少ないので思惑が読みにくいけど、そこは中学からの付き合い。冬莉なりに緊張しているのがなんとなく感じ取れる。

むず痒《がゆ》い空気。頼むから普段通りの物怖《ものお》じしない態度で接してくれ……僕も変に意識して視線が定まらないからさ。

「ほんとに様子を見に来ただけ？」

「……たまたま気が向いたので」

「たまたま、なのかい」

「……そうです、たまたま」

ぎこちない空気をしぶとく引きずり、お互いの視線が上下左右に揺れている。

ぶれる視線が一瞬ぶつかるだけでも無性に照れ臭いし、こんなにもどかしい朝は初めてだから僕もどうしていいのかわからない。

「……センパイ」

するど突然、ほんの僅かに口元が緩んだ冬莉が僕を見据えた。

「……口の周りに歯磨き粉みたいな泡がついてます」

そう言われ、すぐに自分の口周りを手で拭うと白い泡が指先に付いた。

「……お子様なんですか？」

「歯を磨いてるときに誰かさんが来たから慌てたんだよ。そのせいでこうなった」

「……誰かさんって誰でしょうか？」

「お前のせいって言ってる」

「……センパイがもう少し余裕をもって準備すればよかっただけでは？」

「僕は早起きしたのに母さんが無駄話をしてきたから」

「……誰かのせいにしてばかりのしょーもないセンパイ」

うっ、言い返せない……。

高校生にもなって口元に歯磨き粉の髭《ひげ》を蓄えるという恥ずかしい思いをさせられたのだが、ぎこちない空気が緩和されていったので良しとしよう。

これがいつもの先輩後輩のノリ、僕たちの空気感だ。

なぜか冬莉がじっと見詰めてきたかと思いきや、呆れ混じりの溜《た》め息《いき》と同時に一歩ほど前進して僕のほうに手を伸ばしてくる。

背伸びする冬莉。

お互いの距離が、ゼロに近くなっていく。

「……寝ぐせ、だらしないですよ」

頭を撫《な》でられるような感触が往復した。

冬莉は伸ばした手を僕の頭頂部に添え、上向きに跳ねた髪の毛の束を優しく梳《と》かしてくれたのだ。猛烈に照れ臭くなった僕の心情を知ってか知らずか、今度は僕の胸元に手を伸ばしてネクタイの位置を整えてくれる。

「……ネクタイも曲がってますし、ワイシャツのボタンも掛け違えてます。慌てて着替えたのが丸わかりですよ」

「ぐっ……」

「……来年はもう大学生ですよね。後輩に世話を焼かれたい気持ちはわからなくもないですが、いつまでも子供のままだと困ります」

「ごめんなさい……」

年下の女子から静かに叱られて情けなく謝るだけならまだしも、お母さんのように世話を焼かれてしまった恥ずかしさと〝世話焼きな後輩に甘えるのも悪くないのでは？〟という複雑な感情が混ざり合う。

恥ずかしいけどちょっぴり嬉しい……みたいな。そんなキモい感情を悟られるわけにはいかないから、深く考えている風の渋い表情で取り繕っておこう。

「……ふふっ、だらしないですねセンパイ」

僕の様子がツボに入ったのか、冬莉が慎《つつ》ましやかに笑った。

もし僕が東京の大学に行ってしまったら、こんな日常も遠ざかってしまう。

漠然とした名残惜しさも徐々に膨らみ始めていた。

……ふと、多少離れた背後から視線を感じる。そこには……リビングのドアからひょっこりと顔を出し、ニコニコと腹立つ笑顔でこちらを見守る母親の姿が！

「……おほほ……青春ですなぁ……おほほ……」

眼鏡が怪しく光っている。すっかり忘れていた。息子と仲良さそうな後輩女子が突然やってきたので興味津々だった母さんに一部始終を見られていたのだ！

「……どうぞ……私のことはお構いなく……若者同士でいちゃいちゃ……して……」

「いいからあっち行け！」

「……ああ……これこれ……思春期って感じ……」

なぜか嬉しそうにしてるかと思いきや、母さんは一枚の用紙を見せてくる。

手書きのマス目に台詞《せりふ》のようなものが書かれており、母さんはペンを取り出して『いいから『反抗期ビンゴ』と書かれたマス目の中に丸をつけた。

「……息子の反抗期ビンゴ……親に反抗する定番の台詞を言ったら丸をつけてる……一列が揃《そろ》ったらビンゴ……夏梅はまだ一つ目にしか丸がない……」

ウチの母親は凄《すご》くバカなんでしょう。

「……ちなみに晴太郎は三日でビンゴになった……勝手に部屋入るんじゃねえって言わせるのに苦労したけど……用もないのに部屋に入りまくったら仕方なく言ってくれた……」

「ビンゴになりたくて言わせようとしてるじゃん」

兄さんはイメージ通りの荒々しい思春期だったらしいが、それ以上に息子たちの反抗をゲーム感覚で楽しんでいる母親が変わり者すぎる。

というか、もしかして僕も反抗的な言葉をワザと引き出された……？

その証拠に勝ち誇った表情を晒《さら》す母さん。ひらひらと手を振りながら奥のほうへ引っ込んでいったのがめちゃくちゃ悔しい……！

「……センパイはどうして悔しそうな顔をしているんですか？」

「母さんの掌《てのひら》の上で踊らされていたから」

「……ちょっと何言ってるのかわからないですけど」

「ビンゴにさせてたまるかよ」

「……いいから早く支度してください」

「負けられないんだ」

「……はあ、ばか」

「お前、先輩に向かってバカって言った？」

「……うるさいです。ほんとに遅刻しますよ」

「はい」

呆《あき》れ果《は》てた冬莉のジトッとした目力に負け、部屋から通学用の鞄《かばん》を持ってきた僕は冬莉のあとを追うように家を出た。


海風は生暖かい。斜め上の太陽は暑苦しくて、汗はシャツにこびりつく。

秋の気配は微塵《みじん》も感じない残暑の中を涼しい顔で歩く冬莉と肩を並べた僕は、しぶとく残る暑さに辟易《へきえき》しながら木更津《きさらづ》の町を歩いていく。

「……だらしない顔してますよ。シャキッと歩いてください」

すぐとなりを歩いていた冬莉から小言が聞こえてくる。

甘やかすのが得意で側《そば》にいたくなる春瑠先輩とは対照的だ。冬莉は僕のだらしなさを叱《しっ》咤《た》しつつ仕方なさそうに身近にいてくれる。

素直じゃないというか捻《ひね》くれてるというか、とにかく面倒な性格をしている後輩だ。

「……失礼なことを考えていますよね」

「いえ、なにも」

「……私のほうをじっと見て、すごく気持ち悪い顔をしていました」

「生意気そうな顔の後輩がとなりにいたから」

だらしない先輩の軽口が気に入らなかったのか、顔をしかめた冬莉が僕のほうに幅寄せしてきてワザとらしく肩をぶつけてくる。

冬莉より背の高い僕は二の腕を軽くぶつけ、やり返す。

「……まっすぐ歩いてください」

向こうは容赦なく肩でやり返してくる。

「お前こそまっすぐ歩け」

痛みは感じないであろう絶妙な力加減で、やり返す。

「……春瑠センパイにはやり返さないくせに」

ぶつかってくる衝撃が強くなった……気がした。

「そもそも春瑠先輩はワザと肩をぶつけてきたりしないよ」

「……可愛《かわい》くない後輩で悪かったですね」

気のせいじゃない！　当て逃げする力が一撃ごとに増している！

「……どうせ私は春瑠センパイみたいに甘やかさないし背も低いしお洒落《しゃれ》じゃないし髪も染めてないし色気もないし料理もそんなに作れないし運動も苦手だし夏梅センパイの家に

そんなに行ったことないし」

「冬莉さん……？」

「……バスケのドリブルできないし背も低いし地味だし髪型はずっと変わらないし初対面の人には怖そうって言われるし人見知りするしトマトが苦手だしカフェイン大好きだし」

きたきた、自虐で捲《まく》し立《た》ててくるネガティブ冬莉が。

こうなるとしばらく収まらないんだよな。

「……AB型だし早寝早起きだし占いは信じるしエアコンの風は苦手だしネコ好きだしうどんより蕎麦《そば》派だし目玉焼きには醬油《しょうゆ》だし本の帯は捨てないタイプだし――」

……いや〜、止まらない！　途中からはただの自己紹介に近い気もするが、久しぶりのネガティブ冬莉をこっそり堪能させていただく。

「捻くれた妹みたいな後輩を持つと苦労するよ」

「……誰が捻くれた妹ですか！　だったらセンパイは恋愛雑魚の腰抜け兄ですね！」

妹扱いがお気に召さなかったらしく痛烈に反論される。

「誰が恋愛雑魚の腰抜け兄だよ！　このあいだ告ったただろうが！」

「……追い詰められて結果的に告っただけのくせに！　ばか！　センパイのあほ！」

「先輩に向かってバカとかアホとか悪口言うな！」

「……私よりも頭の悪い人だからバカでじゅうぶんです！　ばか！」

「ぐ……お、お前はなぁ……髪型がいつも同じなんだよ！」

反撃のレパートリーが尽きた僕の悪口が幼稚になっていく。

「……ショートボブが気に入ってるんです！　軽くて涼しいし可愛いじゃないですか！」

「ああ！　冬莉に似合ってるし涼しそうで可愛いよな！」

「……センパイ、可愛いって言いました？　私の髪型を褒めてくれましたよね？」

「うそうそうそ、今のナシ」

「……いやいやいや、今のアリです。はい、センパイは私のことを可愛いって言いました」

どう見ても僕の劣勢！

お互い視線は進行方向を向きながら悪口の応酬が白熱し、腕で小突き合いながら歩くという子供染みたバトルが数メートルくらい続いた。

通りかかった人たちに「兄妹《きょうだい》の微笑ましい喧嘩《けんか》かな？」「朝から恋人同士でイチャついてるじゃん」みたいな感じでちょっと笑われてる！　通勤通学の時間帯にくだらない口論をしながら早歩きで小突き合ってる男女、めちゃくちゃ目立つよな……。

冬莉もその雰囲気を察したようで、やや恥じらうように口籠ってしまう。

二人揃って無駄な体力を消費してしまい、息があがったところで自然に離れた。

「……どうせ私は……春瑠センパイじゃないし」

聞こえるか聞こえないかの小さい声量でそう呟《つぶや》いた冬莉は、居心地が悪そうに視線を逸《そ》らして歩く速度をやや上げた。

不機嫌さを声音に滲《にじ》ませながら不貞腐《ふてくさ》れた冬莉、ちょっとした愛らしさを感じる。

「春瑠先輩は春瑠先輩、冬莉は冬莉だろ。可愛さの種類が違うだけでお前も……まあ」

「……まあ、なんですか？」

「まあまあ」

「……まあまあ、なんですか？」

言葉を濁したのが気になったのか、歩く速度がやや落ちた冬莉が疑問符で攻め立ててくる。逃げ切らせてはくれないらしい。

「可愛い……と思える瞬間もあるかな」

僕と冬莉はお互いを気軽に持《も》て囃《はや》すような間柄ではないから、面と向かって〝可愛い〟と告げるのはかなり照れ臭い……やや誤魔化《ごまか》した言い回しをしたが、頬《ほお》に生じた熱がじわりと顔全体へ広がる。

ふと足を止めた冬莉がこちらへ振り返り、つられた僕の足も自然に止まってしまう。

「……素直じゃないセンパイも、まあまあ可愛いですよ？」

ほんの少しだけ口角を上げて笑んだ冬莉の表情は、まさしく勝ち誇った顔で。

「先輩をからかって遊ぶなよ」

「……夏梅センパイをからかうのが楽しくて趣味にしたいくらいです」

「やめてね」

「……何か言いました？」

聞こえないふりするな。悪趣味すぎる。

冬莉なりに満足したらしく、先ほどよりも軽やかな足取りで再び歩き始めた。

女の子の扱いに慣れていない先輩をからかって遊びたかったのだろう。今度はお前を恥じらわせてやるから覚えておけよ、と心の中で宣言しておいた。

「もしかして、いきなり僕の家に来たのは冬莉なりのからかいなのか？」

「……そうかもしれませんし、そうじゃないかもしれません」

どっちだよ。

「心の準備をしておきたいから事前に連絡してくれよ」

「……嫌です」

即答で却下されてしまう。

「……だってそのほうが――」

少し前を歩いていた冬莉が僕のほうへ振り返り――

「……センパイにとって、忘れられない思い出になりそうじゃないですか」

どこか微笑んでいるような表情で、そう言う。

確かに今日の出来事はしばらく忘れられそうになく、長い年月が過ぎても冬莉と会うたびに話題のネタとして思い出しそうな印象深さはあった。

何もかもがいつも通りだと思っていた。

しかし僕の朝に冬莉がいることだけは、違う。

最も身近な後輩が突然やってきて一緒に登校する、という思い出が出来上がった夏の終わりは……いつも通りじゃない。

「……素敵な夏の思い出ができてよかったですね」

「もう夏も終わりだけどな」

「……夏なんて嫌いですけど、今年の夏はずっと続いてほしいって思っています。そんなこと絶対にありえないのに――」

僕にではなく自分自身に言い聞かせるように、青く澄み切った夏空を見上げながら冬莉はそう囁《ささや》く。

夏の風景に映える美しい姿に思わず視線を奪われ、僕は呆然《ぼうぜん》と立ち尽くしていた。

「……センパイ、気づいてないんですか？」

「なにが？」

「……このままだと本当に遅刻します」

そう言い残した冬莉は進行方向にいきなり走り出す。

「……私は先に行きます。運動不足の夏梅センパイはゆっくり遅刻してください」

……とか生意気な挑発も添えて。

朝の予鈴が鳴るまで残り数分に迫っていたことにようやく気づき、僕も追いかけるように木更津の風景を駆ける。

冬莉の全力疾走はジョギングくらい遅いため僕はいとも簡単に追い越してしまったが、負けず嫌いの冬莉も眉をひそめながら懸命に追走してくる。

「僕は先に行くから冬莉はゆっくり遅刻してくれ！」

「……はあ……くっ……うるさい……です！」

暑い。喉が干涸《ひから》びてきて大粒の汗が顔面から滴り落ちていく。

でも……なぜだろう。

高校最後の夏に冬莉と通学路を全力疾走しているのが、最高に楽しくて心地よいんだ。

高校生活はもう長くない。

あと何回、学生服を着て冬莉と過ごすことができるのだろうか。

夏はまだ終わらない。

簡単には過ぎ去ってはくれないいんだと、そのとき思った。

第二章　高梨冬莉は友達がとても少ない

一週間後。

九月に入っても残暑が猛威を振るうのは先月までと大差ないのだが……学校中が少しずつ慌ただしくなってきた。なんというか、そわそわしている。

「はい、ちょっと聞いてくださーい」

昼休みになった直後、昼食の準備や生徒同士の雑談で騒がしくなり始めたとき〝とある女子生徒〟が教室に入ってきてクラスメイト全員の視線を集めた。

「お昼休み中に失礼しまーす。今週から文化祭の準備期間に入ります……が、このクラスは喫茶店をやると夏休み前に申請を受けています。放課後に手が空いている人は飾りの制作や容器などの買い出し、メニューの試作などを始めていただけるようお願いしまーす」

黒板前に立つ女子生徒がゆるーい感じでそう言うと、雰囲気が陽気に浮ついた。

もうそんな時期か。今年の夏はいろいろあったから学校行事なんて頭から抜け落ちていたけど九月の中旬には文化祭がある。

三年生にとっては高校最後の大きなイベントになるわけだから、クラス内のテンションも格段に上がっているのだろう。

友達や恋人と模擬店を回ったり展示やステージ発表があったりと楽しみかたは人それぞれで、気になる相手との距離を縮める絶好のチャンスでもある。

「どうして文化祭実行委員のワタシが先輩方の教室にわざわざ来たかというとー準備が遅

いからでーす。メニューが決まってないのはこのクラスだけなんですけどー？　当日の役割やシフトは考えてますー？　去年も準備が遅くてトラブってましたよねー？」

この実行委員……心底怠《だる》そうな顔で年上の僕らにプレッシャーをかけてくる。

ゆっくり準備すればいいかぁ〜みたいな緩い空気感だった僕らのクラスは気圧《けお》され、大半が苦笑いせざるを得ない。

僕が代表し、心の中で言い訳をさせてもらう。

夏休み前にクラスの多数決で模擬店の内容を決定し、夏休み期間中はメッセージアプリのグループ打ち合わせで各自の役割や今後の予定などもだいたい共有していたが……食品を扱う模擬店が初めての生徒も多かったため手探り感があった。

あとは運動部が最後の大会で忙しかったり、あるいは自動車学校に通ったり、受験勉強に集中する生徒もいたりして文化祭の用意が後回しになっていたのだ。

「いいですかー？　いつまでも夏休みボケでは困るんですよー」

この状況、どっちが先輩なんだかわからないな。

とはいえ実行委員が忙《せわ》しなく動き回っているという空気をひしひしと感じ、夏休みの余韻が残っていた僕らもようやく文化祭スイッチが入り始めたようだ。

「なあ、広瀬《ひろせ》先輩は文化祭に遊びに来たりすんの？」

となりに座る友人がウザい質問をしてきやがる。

「大学やバイトが忙しそうだから来ないんじゃないかな」

「え〜、文化祭だぜ？　気分が高まったところで告るチャンスじゃん」

「僕は模擬店の成功のことだけを第一に考えてるよ」

もう告白したんだよ、とは言《い》い辛《づら》くてお茶を濁す。

「ウソつけ。去年は広瀬先輩の周りをウロウロしてただろー」

「春瑠《はる》先輩が変な男に言い寄られないよう警備してたんだ」

「その夏梅《なつめ》が変な男になってたねぇ。キモ男」

「気持ち悪い男の略みたいに言うなよ」

「あはは〜、気持ち悪い男の略だっつーの」

去年は兄さんの急逝によって春瑠先輩の精神状態が不安定だったから、少しの時間だけ友人同士で模擬店を回っていた春瑠先輩を密《ひそ》かに見守っていた。うん、キモいな自分。

そういえば春瑠先輩と文化祭をまともに回ったことはない気がする。春瑠先輩のほうが友人と先約があったり、僕が小心者すぎて誘えなかったりしたからだ。

へらへらと駄弁《だべ》っていたら女生徒にえげつない眼光で睨《にら》まれ、

「そこ、うっさいでーす。だからあなたたちはモテないんですよー」

怒られてしまった……。

偉そうに仕切っている言動からもわかると思うが、この女生徒は文化祭実行委員長だ。

二年生の後輩、堀田《ほった》マキナ。

今どきのＪＫって感じの怠そうな喋《しゃべ》りとお洒落《しゃれ》な外見なのに、一年のころから文化祭実行委員や選挙管理委員なども熟《こな》しているため校内での知名度も高い。

模擬店の仕事が割り振られている生徒に向け、堀田は今後の予定や役割を説明し始めた。

「ホマキちゃーん、質問があるんだけど〜」

「あだ名で呼ばないでくださーい。質問ってなんですかー？」

「ホマキ〜、メニュー表は手書きでいいの〜？」

「手書きオッケーでーす。紙とペンは貸し出すので生徒会まで取りに来てくださーい」

堀田マキナだから略してホマキ。本人は気に入ってないみたいだけど、学校の生徒たちには親しみを込めてそう呼ばれることが多い。

堀田の周りには瞬時に人集《ひとだか》りができていく。クラスのイベントはだいたい堀田が運営側にいるので珍しい光景ではない。

次々と寄せられる質問の波をテキパキと捌《さば》いていく堀田の有能さが際立つものの、皆から頼られすぎて大変そうだ。

……などと僕は他人事《ひとごと》の視線を向けていたのだが、堀田の鋭い目が僕のほうへギラリと光る。

「白濱《しらはま》先輩はちゃんと考えてきてるんですかー？」

「えっ？なにを？」

「なんですかーそのアホ面？　自分の役割を忘れたんですかー？」

アホ面になっているらしい自分の口から間抜けな声が漏れ、堀田の声音に苛立《いらだ》ちが滲《にじ》んできたかと思いきや……人集りから抜け出た堀田が僕の席までにじり寄ってきた。

顔は笑ってるけど明らかにプチ怒りモードである。

「喫茶店で提供するコーヒーは白濱先輩がアイデア担当って聞いてますけどー？」

「そうだった！」

「そうだった？　夏休みが楽しすぎて忘れてたんですかー？」

「夏休みはその……いろいろあって文化祭のことすっかり忘れてた」

「はぁ〜〜〜、あなたはもうホントに〜〜中学のころからちっとも変わってない〜〜」

「変わらない美学を追究しようかなって」

「やかましいでーす。以前まではバスケ部のエースという肩書きで目を瞑《つぶ》ってましたが、今年こそはちゃんと働いてくださいねー」

作り笑いで迫りくる堀田の圧力に押され、僕はたじたじになってしまう。

女上司に叱られる若手の部下ってこういう気持ちなんだろうか……年下の女上司という概念が生まれてしまう〜〜。

「おいおい夏梅ぇ、仕事が恋人の女上司に叱られる無能な部下かよぉ」

「無能、は余計なんだよ」

「仕事が恋人、は余計でーす」

周りの友人たちが半笑いで茶々を入れてきた瞬間、僕と堀田が同時にツッコんだ。

性格は違えど息はピッタリらしい。

「予算的には安いインスタントのほうがありがたいですけどー最近は文化祭で本格的なコーヒーを出す学校も増えてるらしくてー、このクラスもコーヒーを売りの一つにするって言うから予算も多めにしてあげたのにー何も決まってないらしいじゃないですかー」

「はあ」

「はあ、じゃないですよー」

「ふむふむ」

「バカみたいな返事をやめてくださーい」

バカみたいな返事⁉　普通の相槌《あいづち》なのに！

「白濱先輩、どうせヒマですよねー？　偉そうにOB面して後輩の部活に顔出したりしないタイプですよねー？」

「それはないけど受験勉強が忙し――」

「そうですかー、完全なヒマ人ですかー。良い豆、早く見つけてきてくださいねー」

忙しい、まで言わせてくれないらしい。

見るからにヒマそうな部下に仕事を託し、上司はご機嫌になったようだ。

不機嫌を誤魔化《ごまか》したワザとらしい笑顔ではなく、普通の微笑《ほほえ》みを不意打ちで零《こぼ》されると不本意ながらドキッとする。

「ホマキ〜、当日の人員配置で聞きたいことがあるんだけど〜」

「堀田さーん、乳製品って衛生的に使わないほうがいいんだよね〜？」

「はいはい、順番に説明するから待っててー。てか、何を言ってるのか聞き取れないから一人ずつ喋ってー」

さすが頼れるリーダー的存在、質問のために集まってきた人の波に飲み込まれていった。

「また様子を見に来るので準備を進めておいてくださいねー」

……と、僕を含めた模擬店の係全員に言い残して。

文化祭全体を管理する最高責任者になったとはいえ、こうもマメに様子を見に来る堀田の姿は中学時代も何度か見てきた。

そんな彼女の姿勢が大勢に慕われるのも頷《うなず》ける。

「夏梅とホマキ委員長って仲良さげだけど実際どうなん？」

僕らのやり取りを聞いていた友人がへらへらと問いかけてくる。

「同じ中学出身ってだけだよ。そのころの堀田も合唱コンクールの実行委員とか生徒会役員をやってたから、なんだかんだで会話する機会があっただけ」

「悪い意味で相当目をつけられてたっぽいじゃん？」

「当時の僕はバスケしか眼中になかった不真面目男子だったので」

中学の僕は兄さんに勝ちたい一心でバスケ一筋だったから、それ以外の分野では非協力的で不真面目に思われていたかもしれない。

それはともかく、文化祭が終われば三年生は受験や就活を乗り越えて卒業していくのみ。クラスの一体感が生まれる感覚も、もうじき味わえなくなる。

みんなが学生服を着て一つの行事に向けて進んでいく、という青春の風景もこれで見納めになる。

そう思うと、寂しさのほうが期待感を少しだけ上回った。

後悔しないように全力で楽しまなきゃな、とあらためて思った。

購買でたまに売ってるサンオレ（卵サラダマヨネーズパン）を齧《かじ》りつつ、教室の壁掛け時計をチラ見する。昼休みの時間は多少なりとも残っていた。

あいつは今ごろ体育館にいるんだろうか……この時間帯になると冬莉《とうり》のことを無意識に思い浮かべる自分がいた。

教室の窓は開放されていて、暖かい風が吹き込んでくる。

その風に——音が乗っている。

どこからだろう。鼓膜を微《かす》かに撫《な》でる音色につられ、窓の外へ耳を傾けたくなっていく。

教室に充満する話し声や雑音が物凄《ものすご》く邪魔だ。

自然に立ち上がった僕は昼休みの教室を抜け出し、音の方角へと小走りで向かった。


校舎から多少離れた第二体育館。

昼休みは閑散としているのでバスケ部時代は自主練をしていた場所なのだが、ふいに聴こえてきた音の発生源もここからだろう。

すぐに断定できないのは、薄《うっす》ら聴こえていたはずの音が体育館に近づいたころにはもう止まっていたからだ。

渡り廊下を歩き、体育館の入り口付近に到着する。

誰もいないと思っていたのに今日はいつもと様子が違っていた。

数人ほどの女生徒が体育館の中を覗《のぞ》き込むようにして集まっている。

制服のネクタイは二年生を表す色。僕も後方から覗き込んでみたが、強烈な日差しが斜めに横切る体育館に人影はなかった。

「どうかした？」

その見知らぬ後輩たちに話しかけてみる。

「ちょっと人探しをしてました。体育館の近くを通りかかったらピアノの演奏が聞こえたので、ちょっと覗いてみようかなって」

「そうそう！　聴いたことがある曲が多くてめっちゃ良かった〜っ！」

その生徒たちも僕と同じようにピアノの音に引き寄せられたらしい。

校舎から離れているとはいえ、防音ではない体育館で遠慮なしに演奏すれば音漏れするし、こうして他人の興味を刺激するのは不思議じゃなかった。

「ちなみに誰を探してるの？」

「クラスメイトです！　文化祭のステージ発表に参加してくれないか頼んでいるんですけど、返事を聞こうとするたびに素早く逃げてしまうので追跡してます！」

「気ままな野良猫《のらねこ》を追いかけてるんだな」

「そうなんです！　一匹狼《いっぴきおおかみ》……いや、一匹猫みたいな子なんです〜っ！　捕まえるのが大変なんですから〜っ！」

怪我《けが》でもしているのか、右腕の肘から下を包帯で固定している女生徒が冗談めかしながら嘆いた。一匹猫ね……冬莉みたいなやつが他にもいるんだなぁ。

「キミたちが探してる
「その子が参加してくれないとわたしたちの出し物は中止になりそうですね。参加は強制じゃないので仕方ないんですけど、年に一度のお祭りなので諦めきれず……あいたぁ!?」

気持ちが昂《たかぶ》って包帯の右腕を振り上げようとした女生徒が痛そうに悶絶《もんぜつ》し、短い悲鳴を漏らしながら涙目になった。この元気な後輩、何気にキャラが濃い。

「うあ～～、このまま代役が決まらなかったら参加できなくなるよ～！」

「今日中にあの子を説得できる気がしないよねぇ」

後輩たちは残念そうな声を並べ、ぞろぞろと引き返していった。

静けさが漂う体育館に入ってみると、ピアノの椅子に巾着袋が置かれているのに気づいた。子供が好きそうなアニメキャラの巾着袋……見覚えがありすぎる。

たぶんだけど〝誰かさん〟の弁当が入っていると思う。

「……た、立ち去れ……」

なんか聞こえた。かなりの小声だったけど「立ち去れ」って聞こえたな。

「この可愛《かわい》い巾着袋、落とし物として職員室に届けようかな」

巾着袋を手に取った僕がワザとらしくそう言うと、ステージの隅に垂れ下がった暗幕が揺れた。そして人の気配。暗幕の陰からちょこんと顔半分を出しているやつがいる。

「……なんだ、夏梅センパイでしたか」

いつものショートボブな髪型、いつもの女子制服、いつもの強張《こわば》った顔。

「一人でかくれんぼするのが好きだったんだな」

「……ち、違います！　いえ、隠れていたのは違わないですけど……！」

僕にあっさり見つかり、観念したように出てきたのはやはり冬莉だった。

心なしか頰《ほお》に赤みが差し、ちょっぴり屈辱的そうな表情が見て取れる。

「……で、今日は何してるんだ？　ピアノの前で読書してたんじゃないのか？」

「……ナニモオカシイトコロハアリマセン」

明らかな棒読み。

「……夏梅センパイこそ、どうしてここに来たんですか？」

「食後の運動に決まってるじゃん」

「……そんなことをしてるヒマがあるなら受験勉強してください。これだからダメ受験生は……今のうちに予備校でも探しておいたほうがいいんじゃないですか？」

やれやれ、みたいな呆《あき》れ顔《がお》と饒舌《じょうぜつ》な煽《あお》りが腹立つなぁ。

さっきまで暗幕の陰に隠れてたやつとは思えん。

「本音を言うと……冬莉に会いたくなって」

やられっ放しも嫌なので反撃の軽口を叩《たた》いてみる。

「……なっ!?　そうやって私をからかおうとしても無駄ですからね……！」

「からかってないよ。会いに来たのは本当だし」

「……しゃ、しゃああっ！　あなたが変なこと言っても騙《だま》されませんから！」

なんだこいつ！　なんか……やけに可愛くないか……？

興奮した猫みたいに威嚇してくる冬莉が珍しすぎて頰が吊《つ》り上《あ》がってしまう。

「教室にいたらピアノの音が聴こえてきてさ、たぶん冬莉が体育館で演奏してるんだろうと思ったんだけど……人違いだったみたいだなー」

ほぼ間違いなく冬莉が弾いてたと思うけど、演奏を中断して暗幕に包《くる》まってたのがおもしろかったので人違いパターンで泳がせてみることに。

「……どうして私だと思ったんですか？」

「冬莉の音は中学のころから耳に馴染んでる。最近はほとんど弾いてくれなくなったけど、僕が冬莉の音を聴き間違えるはずがない……と思ったんだけどなー」

「……ふーん、大した自信ですね。よっぽど私のことを見てないとそこまでは言えません」

なぜかそっぽを向き、声がワントーン上がった冬莉。

その態度だけでは冬莉の心情を見透かすことはできないけど、不快に思われていないのは確かだ。むしろ……嬉《うれ》しがってる？　それは気のせいか。

くそ〜、そっぽを向いて表情を隠すとかズルいだろ。今の顔を見せてくれよ。

「……まあ、私は本を読んでいただけなので違います。残念でしたね」

ドヤ顔が笑える。どうにか誤魔化せた、とでも思ってるに違いない顔だ。

どう考えてもこの状況的に音色の発信源はお前しかいないのに。

「……一人で読書をしていたらセンパイ以外の誰かが近づいてくる気配がしたので……咄《とっ》嗟《さ》に隠れました。それだけのことです」

体育館の入り口に集まってた後輩たちね。

「別に隠れなくてもよかったんじゃない？　クラスメイトを探してたらピアノの演奏が偶然聴こえてきただけって感じだったよ」

「……大勢に見られるのは嫌いなんです」

冬莉の声音が低くなり瞳も曇っている。

なんたって冬莉は神経質なところもあるし、自分が没頭している世界に赤の他人が入ってくるのは気に障るのかもしれない。

「そういえば『僕以外の誰かが近づいてくる気配がした』って言ってたけど、実際に姿が見えなくても僕が近づいてきたってわかるの？」

「……夏梅センパイがこの場所に近づいてくる足音は間違えません。中学のころから何度も聞いてますから」

「ふーん、大した自信だな。よっぽど僕のことを見てないとそこまでは言えないよ」

「……センパイ、そういうのキモい。ムカつく」

ついさっき冬莉が言ったことをそのまま返してやると、眉をひそめた冬莉が僕の胸元をぽこぽこ叩いてくる。ついでにタメ口にもなってる。

僕はピアノ、冬莉は足音……姿を見なくても耳に馴染んだ音でお互いを認識できるくらいの間柄になっていたらしい。

僕が何も言い返さないため調子に乗ってきた冬莉がもっと叩いてくる。あまり痛くない絶妙な力加減なのが逆に心地よかったりもした。じゃれついてくる猫、みたいなね。

「そういえば冬莉が中学生のころ、腕に怪我してなかった？」

先ほど腕に包帯を巻いてた後輩の姿は、過去の冬莉を一瞬だけ彷彿《ほうふつ》とさせた。

「……いえ、気のせいだと思いますけど。他の人と勘違いしていますよ」

あっさりと否定された。どうやら僕の思い違いだったようだ。

「……センパイ、あの」

僕を見たり床を見たりで視線を揺らす冬莉が何かを話したそうにする……も、

「……やっぱりなんでもないです」

「そこまで言いかけたなら言えよ……気になるじゃん」

「……センパイも忙しそうですし、個人的な事情なので気にしないでください」

「めちゃくちゃ気になる」

「……まあまあ」

「まあまあ、じゃないよ」

いつもとは真逆。たじたじの冬莉に僕が詰め寄るという謎の構図になった。

「……センパイ、近いです」

「なにが」

「……か、顔が……センパイの！」

悪戯心《いたずら》が働き、いつもより攻めてみる。

僕がこんなに強引な手に出るのは、冬莉が何かを言いたそうだったから。

「気になるから」

「……だから、なんでもないですって！」

「気になる」

「……うう～……」

怒涛《どとう》の気になる攻撃。こいつ、攻められるのは意外と弱いからな。

うう～とかいう小さな唸《うな》り声《ごえ》を漏らす冬莉の顔面は真っ赤に染まり、明らかに動揺していた。僕と冬莉の距離はゼロに近く、冬莉のまつ毛の長さや息遣いまで感じられる。

お互いに視線が交錯した無言の状況になり、むず痒《がゆ》い沈黙が続く。

調子に乗りすぎたかも……これは怒ってるだろ、たぶん。僕のほうが主導権を握る機会はあまりないから変なテンションになっているけども……なるようになれ。

なんだろう、心臓の音が……どんどん速くなっていった。

「……調子に乗らないでください！　センパイのばか！　ばかばか！」

目がぐるぐると回りそうな冬莉に胸元を押され、軽く突き飛ばされてしまう。

くっそ、もうちょっとで聞き出せそうだったのに！

「……ばか、ばか、ばかセンパイ。言いませんから、ばか」

ご立腹らしい冬莉が反撃と言わんばかりに「ばか」をぶつぶつと連呼しながら、僕の腕周りを何度も叩いてきた。痛くない絶妙な力加減なのが冬莉なりの優しさで。

「ははっ……あははっ」

「……なにを笑ってるんですか！」

「いや、自主練のときも二人きりの体育館でこんなことやってたよな。冬莉は不利になると顔を真っ赤にして『ばか』を連呼するところとか変わってなくて……笑える」

「……センパイはそういうくだらないこと、ずっと覚えてますよね」

「そりゃあ、楽しかったことは忘れないよ。そう言うお前も覚えてるんだろ？」

「……知りません。忘れました。そんな過去は抹消しました」

「よかったな。たった今、体育館での思い出が増えたぞ」

「……センパイなんて嫌いです。二度と話しかけないでください」

思い出し笑いをする僕に背を向け、いじけてしまった。

しかしこんな子供染みた仕草でも後輩としての可愛らしさを感じる。

「ごめんなさい冬莉さん。機嫌を直していただけないでしょうか」

「……怒っています。直りません」

「僕にできることがあれば遠慮なく言ってくれ」

「……センパイが私のためにどんなことでもする、って言いましたか？」

「それは言ってねーよ。できることだけな」

発言を都合よく歪曲《わいきょく》されかけた！

「……それでは今日の放課後、私の寄り道に付き合ってください」

「それだけ？」

「……それだけで許してあげましょう。私はすごく優しい後輩なので」

「生意気な後輩を育ててしまったな」

「……生意気だけど可愛い後輩、の間違いですよね」

背を向けている冬莉の表情は見えないけど、やや弾んだ声色で機嫌が良くなったのがわかる。また何かを奢《おご》らせる気なのだろう。したたかな後輩だ。

「あっ、今日の放課後は別の予定があったんだ」

「……えっ？　学校帰りに海浜公園に立ち寄って実らない片思いを嘆くしか趣味のなかったヒマ人の夏梅センパイに別の予定があるんですか……？」

容赦なく言いすぎでしょ。泣きそうになる。

「いまはまっすぐ家に帰って勉強してるから……じゃなくて、文化祭の模擬店で出すコーヒーを早急に探す係になってるんだよ」

「……無駄に長い係の名前はともかく、そういうのってフツーは夏休み前には考えておきませんか？」

「夏休みはそれどころじゃなくて何も考えてなかった！」

「……春瑠センパイのことで頭がいっぱいでしたもんね」

「お恥ずかしながら！」

「……元気よく開き直らないでください！」

思わず振り向いた冬莉の声量が上がり、呆れ混じりの溜《た》め息《いき》を漏らされる。

「……今日の放課後、予定を空けておいてください」

「えっ？　でも今日は模擬店のコーヒーを早急に探す係の活動が――」

「……鈍いですね。コーヒー選び、私も手伝うって言ってるんです」

「私も手伝う、とは言ってなかっただろ」

「……雰囲気で察せる人間になりましょう。それだから女子にモテないんですよ」

「お前が回りくどいだけだからな」

くだらない口喧嘩《くちげんか》をちょくちょく挟むため話が前に進まないのも僕たちらしい。

「……家で読書するときはコーヒーが欠かせないんです。行きつけのコーヒー豆専門店があるので、予算内に収まりそうな美味《おい》しい豆を一緒に選んであげます」

「冬莉様……ありがとうございます！　助かります！」

「……わざとらしい感謝が腹立ちますね」

「背は小さいけど大天使の冬莉様には頭が上がりません」

「……うざっ！　うざいです！　背はこれから伸びるんです！」

ぽこぽこと叩いてくる可愛《かわい》い生き物が目の前にいる。

二人だけでは持て余すほど広い体育館。僕たちのどうでもいいやり取りがずっと響き渡っていたが、もうすぐ昼休みが終わろうとしている。

「教室に戻る前に一本くらいはシュートを打っていこうかな。やっぱり体育館に来たらボールに触らないと落ち着かない」

「……そうしてください。バスケが下手くそになったセンパイは取り柄が一切なくなってしまって可哀《かわい》そうですから」

「いやいや、腕は衰えてないって」

「……どうですかね。夏休み中は春瑠センパイに夢中でボールに触ってなかったくせに」

舐《な》めた態度の後輩が嘲笑を浮かべる。

その生意気な口を封じてやるため、用具室からボールを借りた僕は……スリーポイントの位置からシュートを放つ。脳内に思い描いた放物線から僅かに逸《そ》れたボールはリングに弾《はじ》かれ、体育館の床に力無く落下した。

「……センパイ、やっぱり下手になってます。ひょっとしたら私のほうが上手《うま》いんじゃないですか？」

「はあ？　運動音痴なのに口だけは達者だなぁ」

「……運動音痴じゃないです。人並みにはスポーツできます。少し体力がないだけです」

したり顔で煽《あお》ってくる冬莉にボールを手渡してみた。

「……ボールを片付けてこい、ということですか」

「フリースローを決めてみろ、ということだ」

「……う、うう……そうきましたか……」

僕の要求に対し、冬莉の顔に焦りの色が浮き出てくる。

「僕より上手いんだろ？　この近距離だったら簡単に決められるんだろうなぁ」

僕らが立っているのはゴール手前の斜め下あたり。

フリースローラインよりもゴールに近い位置なので未経験者でもシュートを成功させやすいと思うし、元バスケ部の僕なら軽々と決められる。

「そういえば前にも似たような場面があったよな。春瑠先輩と冬莉との三人で部活終わりの居残り練習をしたとき、いまみたいな口喧嘩になってさ」

「……そんなことありましたか？　ちょっと忘れちゃいましたね」

「僕に運動音痴だと煽られてキレた冬莉がフリースローを何本か打ったんだけど、まったく入らなかったんだよ」

「……お、惜しかったのは何本かありましたし！　一本くらいはゴールにかすった……気がしますし！」

「ゴールに届いてなかっただろ。しまいには足がもつれて豪快に転んで……ふふっ」

「……なにを思い出し笑いしてるんですか！　あれは力を入れ過ぎたせいで……！」

ぐぬぬ……と言いつつめちゃくちゃ覚えてるのな」

ぐぬぬ……と言わんばかりに冬莉が悔しそうな表情で睨んでくる。これが可愛い。

「……まあ、見ていてください。あのころの私とは一味違うので」

冬莉は謎の自信を漂わせながらゴールを見上げる。

「……そういえばセンパイ、その居残り練習のときに約束したことを覚えていますか？」

「えっ？　そんなのあったか？」

「……私がフリースローを決めたら私の望みを一つ叶えてやる、って言ってました」

「言ってないぞ？」

「……言いました。間違いなくセンパイから言い出しました」

あまり覚えてないけど、僕も意地になってそんな口約束をしていたらしい……。

「わかった。僕にできることなら叶えてやろう」

「……あらためて言質とりました。絶対ですからね」

その話題を再び持ち出してくるということは、もしかして冬莉は……秘密裏に特訓でもしていたのか⁉　それゆえの自信の表れか⁉

過去の自分を恨み、ちょっとだけ後悔する。

二人が無言になった体育館は静まり返り、冬莉の小さな息遣いが聞こえた。

抱えていたボールを目の前に掲げ、冬莉がフリースローを——

……打てなかった。ボールは床を空《むな》しく転がっていった。

足先が床に擦《こす》れて躓《つまず》いた冬莉がバランスを大きく崩し、綺麗《きれい》に前へ倒れたのだ。

「冬莉」

「……なにも言わないでください」

「お前、やっぱり可愛いな」

「……センパイのばか！　すぐに忘れてください！」

「忘れませーん。この話、これから鉄板ネタにするぞー」

冬莉は床に寝そべりながら屈辱の顔を晒《さら》し、ちょっとだけ涙目になっていた。

本当に可愛い後輩だなぁ、とあらためて思わされた昼休みだった。

そうこうしているうちに予鈴が鳴り、僕たちは体育館を後にする。

教室棟の階段を上り、各々の教室へ戻る道の別れ際。

「……センパイ、あの」

冬莉になぜか呼び止められる。

僕を見据える瞳は、やや不安そうに揺れているような気がした。

「……やっぱりなんでもありません」

「言えよ……！」

「……それでは放課後、近くのカラオケアーサーの前で待ち合わせましょう。行きつけのお店はそこから歩いていける距離なので」

もったいぶっているのか、僕の心を弄ぶのが楽しいのか。

悪戯《いたずら》っぽく微笑《ほほえ》んだ冬莉は待ち合わせ場所を告げて二年の教室へと戻っていた。

こういう穏やかな日常が続いていけばいいのに。

遠ざかっていく後輩の小さな後ろ姿を眺めながら、僕は一抹の寂しさを抱いた。

春瑠先輩との大学生活はきっと毎日が楽しくて輝くだろう。

でも……冬莉と過ごす何気ない時間もかけがえのないもので、冬莉と話すときだけに芽生える感情もたくさんあるから。

それが残り半年くらいで終わるという実感がまだ湧かず、このままもう一年くらい続くんじゃないかって……たまに思ったりもするんだ。

残念ながら僕が留年する気配もないし、そんなことはありえないのに。

生徒の人混みに紛れた冬莉の姿が見えなくなったので、僕も三年の教室へ戻ろうとしたとき……ふとした疑問が生まれた。

あいつ、放課後は部活があるんじゃないのか？

今思えば、夏休み明けから冬莉の行動は少しずつ変化していた。

バスケ部は週に何度か朝練があるはずなのに、僕の家に立ち寄って一緒に登校する回数が増えた。しかも、マネージャー業務で忙しい放課後に躊躇《ちゅうちょ》なく予定を入れている。

テスト期間中などは部活が休みになるものの、いまは通常授業なので部活も普通にあるはず。僕が最近抱いた違和感の一つは、これだった。

「あれ、白濱先輩？　ちゃーすっ！」

たまたま廊下を通りかかった二年のバスケ部員が顔見知りの僕に挨拶してきたので、軽く手招き。足を止めさせる。

「冬莉ってバスケ部のマネージャーやってるよな？」

「高梨《たかなし》ですか？　八月いっぱいで退部しましたよ」

はっ？　冬莉が部活をやめた？

「それって本当なの？」

「一年のマネージャーに業務を引き継いだみたいですし、つい先日に退部の挨拶もしたので高梨がやめたのはマジっす」

現部員がそう言うのなら自らの意思で退部したのは本当なのだろう。

「やめた理由……とか言ってた？　早めの受験勉強とか他の部活に興味がある、とかさ」

「詳しくはわからないっすけど、顧問も急すぎて驚いてた様子でしたし退部届を出したのはごく最近みたいですねぇ」

ごく最近の申し出……夏休みの終盤あたりに退部の意向を固めたのだろうか。

冬莉が言い辛《づら》そうにしていたのは退部の件だったのかもしれない。

「白濱先輩……俺は悲しんでますよ」

「なんで？」

「高梨がいてくれたから辛い練習にも眠い朝練にも耐えられてたのに！　あの冷たそうな目で労《ねぎら》ってくれる唯一無二の可愛さが俺らのオアシスだったのに！　なんでなんすか！」

「呼び止めて悪かったな。それじゃあ部活がんばれよ」

重要な情報は聞き出せた。授業に遅れたくないうえに話の流れがくだらない方向にいきそうなので、さっさと退散することに。

「白濱先輩が説得してもう一度呼び戻してくださいよぉ！　高梨と唯一の仲良しだったじゃないですかぁ！　隙あらばイチャイチャしてたじゃないですか！」

「イチャイチャしてないよ。あいつが生意気だから喧嘩してただけだ」

冷静に受け流しておこう。

「それが羨ましいんすよ！　俺らだって高梨ともっとお喋《しゃべ》りしたり冷たい顔で辛辣なことを言われたかったのに！」

「女子にモテたくてバスケをやってたわけじゃないから共感できない」

冷静に、冷静に。

「ウソですね！　広瀬先輩の前では無駄にカッコつけたプレイをしてたくせに～っ！」

「そ、それのなにが悪いんだ！」

「ブーメラン発言ですよ！」

「う、うるせーっ！」

誰が好きな女の前で無駄にカッコつけてたキモメンじゃ！

取り繕った冷静な仮面はあっさり剝《は》がれ落《お》ち、「うるせー」としか最後に言い返せなかった僕のダサさは無限大だぜ。

それにしても……冬莉ってやっぱりモテるんだな。バスケ部時代も男子連中に冬莉の話題をよく振られたのを思い出す。

バスケ部後輩の乾いた叫びを背中に浴びながら、僕は階段を駆け上って逃げた。

教室近くの廊下に差し掛かると、前方から女生徒がこちらへ歩いてくるのが見えた。

「どこ行ってたんですかー？」

擦れ違いざまにそう問いかけてきたのは、堀田マキナ。

僕のクラスでの用件を済ませ、自分の教室へ戻るところなのだろう。

「体育館で食後の運動をしてきた」

「そう、お疲れさまでーす」

わざわざ足を止めて居場所を聞いておきながら薄味の反応である。

「体育館から聴こえたピアノ、誰が弾いてたんですかー？」

また質問される。

体育館に集まっていた生徒たちと同様、昼休みに数分間だけ聴こえた音色の正体を知りたいと興味を抱く気持ちは理解できる。

僕は冬莉の音が耳に馴染《なじ》んでいるのですぐにわかったけど、冬莉をよく知らない人には微《かす》かな音色だけで伴奏者を言い当てるのは無理だと思う。

「僕が行ったときには誰も弾いてなかったよ。顔見知りの後輩がいたから雑談しただけ」

「ふーん、つまんなー」

聞かれたから答えただけなのに、ひどい。

二人きりの体育館で過ごす静かな昼休みだから居心地が良いのに、今日みたいな見物人が増えて騒々しくなるのは避けたい。冬莉もそういうのが嫌いなはずなので、この件について誰かに聞かれたら適当に誤魔化《ごまか》して興味を失ってもらうのが得策だ。

そのまま会話は盛り上がらず、気まずさを嫌った僕は再び歩き出そうとしたのだが――

「そのままずっと、一人ぼっちの体育館で弾いていればいいのにねー」

抽象的だが、なぜか棘《とげ》があるような台詞《せりふ》。

それだけを小さく呟《つぶや》き、堀田は表情を見せないまま静かに立ち去っていった。

＊＊＊＊＊

放課後、学校から少し歩いた国道十六号沿い。

千葉県のローカル店であるカラオケアーサーの駐輪場に行くと冬莉が慎《つつ》ましやかに立っており、傍らには冬莉の自転車が置かれていた。

「……後輩女子を待たせた責任は重いですよ」

「冬莉のむくれた顔が見たくてワザと少し遅れてきた」

「……むっ、私をからかって遊んでるとか悪趣味です。センパイ、ムカつきます」

「うそうそ、掃除当番で遅くなっただけだから」

むっ、という不機嫌な声は無意識に零《こぼ》れたんだろう。

眉をひそめたジト目の冬莉は可愛いから何度でも見たい、とは口が裂けても言えない。

余計に機嫌が悪くなりそうなので僕だけの密《ひそ》かな楽しみにしておこう。

「そういえばお前、部活は？」

あくまで『いま疑問に思った』かのように聞いてみる。

やめたのか？　という直接的な言い回しを避けたのは、冬莉にとって言い辛いことなのかどうかを確かめたかったからだ。

「……ちょっとお休みをもらってます」

「そっか。休みは大切だもんな」

「……そうです。たまにはお休みして遊ばないと疲れてしまいますから」

退部した、とは明言しないらしい。

僕は自然に話を合わせるふりをしつつ、それ以上の追及を避けた。

自分から打ち明けないということは事情があるかもしれないし、いまはストレートに聞き出すタイミングじゃないと直感が騒いだのだ。

「せっかく冬莉がサボったんだし今日はパーッと遊ぶかぁ」

「……センパイ、遊ぶんじゃなくてコーヒーを選びに行くんですよ」

僕のおふざけは真面目な後輩にすぐ訂正されてしまうも、

「……でも、センパイがどうしても遊びたいって言うなら……付き合ってあげなくもないですが？」

冬莉は意地悪な口調で微かに笑う。

素直じゃなくて面倒な言い回しが実に冬莉らしく、なんだか嬉《うれ》しくなってきた。

「どうしても遊びたいわけじゃないけどな」

「……えっ？　センパイ……ううっ……」

僕のカウンターパンチで冬莉の顔がみるみるうちに不安そうになっていく。

冬莉は攻撃力こそ高いが打たれ弱い。たまに僕が反撃するとクールな鉄仮面が簡単に剝がれ落ちる。その顔が一番可愛《かわい》いとさえ思ってしまい、もっと見たくなるのだ。

冬莉の前での僕は、ほんのちょっとイジワルになる。

「……いや、センパイ……あの……うーん……」

「ふふっ……」

冬莉の顔に焦りが浮かんだ絶妙な空気感に耐え切れず、僕は吹き出してしまった。

「……もう知りません！　先に行きますから！」

そっぽを向いた冬莉が勢いよく自転車に跨《また》がり、前へ向かって漕《こ》ぎ始める。

おいおい、まさか……僕だけ走れってことなのか⁉

「いやいや待ってくれ！　自分だけチャリとかズルいだろ！」

「……私をおちょくった罰です。目的地まで先導するので走って付いてきてください」

でたぁ、冬莉の地味にきつい仕返しが！

置いていかれるわけにはいかないので僕もすぐに走り出す。

目的地はおそらく冬莉の行きつけ店だろうが、ここからどれぐらいの距離があるのかも教えてくれないまま追走する羽目になってしまった。

すでに夕方で向かい風は暖かい。冬莉はあえて普通よりも遅い速度で車道の左端を走行し、僕はすぐ側《そば》の歩道を七割くらいの力で走っている。

しかし全盛期の体力とは程遠い。呼吸は少しずつ乱れ、次第に足も重くなっていった。バスケをやめてからはランニングもやらなくなり、自動二輪免許を取ってからはバイク移動に頼りきっていたから。

ここからだと海は見えないものの、瞳に焼きついた木更津《きさらづ》の風景が流れていく。額からは汗が滴り始め、シャツが濡《ぬ》れて纏《まと》わりつく肌触りも懐かしかった。

自転車に乗る冬莉の背中はあのころと何も変わっていない。

そうだ、バスケ部のときもこうやって——

「……センパイ、覚えてますか？　早朝の自主練でもこうやって……ランニングする夏梅センパイを自転車で先導しましたよね」

「冬莉がスピードをどんどん上げていくから……僕は大変だったんだぞ……！」

「……夏梅センパイは私が育てたみたいなものですから」

「お前は好き勝手にチャリ漕いでただけだろ……！」

涼しい声で語り掛けてくる冬莉に対し、僕は息切れしながら喋るのも去年の夏までと酷似しているため……過去に戻ったかのような錯覚に陥りそうになる。

時間を巻き戻せはしないけど、過去の思い出を共有して懐かしむのは結構好きだったりする。お互いに覚えてさえいれば、こうしていつでも再現できる。

でも、二人揃《そろ》って高校生でいられるのは残り僅かだから……今この瞬間の出来事も将来的には大切な思い出になっているのかな。

「……センパイ、いま何を考えてました？」

物思いに耽《ふけ》った様子で走る姿が気になったのか、冬莉が問いかけてくる。

「……もしかして私の後ろ姿に見惚《みと》れてましたか？」

「中学時代からほとんど変わらない後ろ姿に見惚れてたよ」

「……身長伸びましたから！　二センチくらい！　健康診断で測りましたから！」

「こっそり背伸びしただけだろ」

ムキになって反論される。

「……それにまだまだ成長し続けてますし、よく食べてよく寝てますし。これから身長は二十センチ伸びますし髪も伸ばして明るく染めますし、大人のお姉さんになりますし」

「嫌だ。おかっぱ頭のちんちくりんな後輩でいてくれよ」

「……誰がおかっぱのちんちくりんですか！　ショートボブの小柄な後輩ですし！」

ああ……そうだ。

早朝の自主練でもこんな中身ゼロの掛け合いをしながら走ってたなぁ。

冬莉が語尾に〝すし〟を早口で連打するときは大抵怒っている状態なのだが、普段のクールな表情よりも親近感が湧いてなおさら魅力的に感じる。

怒った冬莉って可愛らしいよね。

プチ怒りモードな後輩の早口はずっと聞いていられるなぁ。

「……さらに失礼なことを考えている雰囲気ですね」

冬莉の鋭い勘が冴《さ》え渡《わた》りそうだ。

とぼけた顔をしてみる。

「昼間食べたサンオレが美味《うま》かったなぁ～って思って」

「……はいはい」

卒業が近くなり芽生えた寂しさや虚《むな》しさみたいなものを後輩に打ち明けるのも照れ臭いので誤魔化すと、雑にあしらわれてしまった。

冬莉はどういう返答を求めていたのだろうか。

いや、僕の回答なんて重要じゃなかったのかもしれない。

冬莉の声音がほんの僅かに弾んでいたということは、たぶん雑談したかっただけなのだ。

そして会話は一休み。

自転車を漕ぐ音と僕の足音、すぐ側の車道を車が行き交う音がしばらく流れていたが、

「……着きました」

所要時間十分ほどで目的地の前に到着した。

木更津自動車学校の近くにある一軒家のような建物は周りを植物に囲まれ、入り口付近も緑に侵食されかけている。知る人ぞ知る地元の店って感じの外観だ。

二キロ未満の距離にも拘《かか》わらず全身が火照って汗だくになり、膝に手をついて息をする自分が情けない……そう思いつつ、冬莉に差し出されたタオルをありがたく受け取った。

「いつもタオルを貸してもらって悪い。洗って返すよ」

「……別にいいです。タオル一枚くらいの洗濯物が増えても私は困りません」

「可愛いアニメキャラのタオル、ありがとな」

「……その部分を強調するの、すごくウザいです！」

顔の汗を拭き終わった途端、タオルを冬莉に掻《か》っ攫《さら》われてしまう。

この反応が見たくて意地悪な言いかたをしたくなるよね。

さっさと店の入り口に向かっていった冬莉を追いかけ、僕も店内へ。

入り口のドアを開けた瞬間、鼻を通り抜ける香ばしさ。小規模な店内に充満していたコーヒー特有の香りだ。

豆の名前が貼られた樽《たる》が無数に置かれており、缶コーヒーなどで聞き馴染みのある豆やマニアックな豆など様々なコーヒー豆が樽に充塡《じゅうてん》されている。

そして……床を軽快に動き回る四足歩行の生物を無視するわけにはいかない。黒と白が混ざった毛並みの猫が円《つぶ》らな瞳でこちらを見詰めてくる。

内心驚いた僕以外は動じる気配がない。おそらく猫はこの店の飼い猫なのだ。

僕らが入店した直後、カウンターの奥から男性が現れた。

店名がプリントされたエプロンを着ているので店員だと思われる。

肌の質感や白髪交じりの髭《ひげ》を蓄えた風貌から察するに四十代くらいだろうか。

優しそうなおじさん、といった第一印象だった。

「冬莉、おかえり。今日も帰るのが早かったんだね」

その店員は穏やかな声で冬莉に話しかける。気になったのは呼び捨て。常連にしても妙に距離感が近い口調だったのに引っ掛かりを覚えたが、

「はじめまして。同じ高校の制服ということは……もしかして娘の友達ですか？」

店員が僕に挨拶した台詞によって細やかな疑問はすぐに解決する。

「冬莉と同じ部活だった白濱夏梅といいます。冬莉の一つ年上なので友達というよりは先輩って感じかなと」

「へえ、そうなんだ！　冬莉が同じ部活の人を連れてくるなんて……いや、同じ学校の人を連れてくるなんて珍しすぎる！」

「は、はあ……」

明らかにテンションが急上昇した店員が瞳を輝かせている。

「ああ、ごめんね！　ここの店長をしている高梨という者でして、冬莉の父です」

あらためて自己紹介されなくても数秒前に察していた。

この人が冬莉の父親だということを。

「いや〜、あの冬莉が友達を連れてくるなんてね。学校での冬莉はどんな感じなんだい？

部活は楽しそうにやってるかい？」

「が、学校では学年が違いますし、僕はもう部活をやめてるので……」

矢継ぎ早に質問してくる店長からは、娘を心配する親の愛情が熱烈に伝わってくる。

感情が昂《たかぶ》ると早口で喋《しゃべ》り出す性分は冬莉と似ていた。親譲りなのか。

「……お父さん、うるさいです。夏梅センパイが困ってますから」

「ごめんね！　父さん、つい舞い上がっちゃってさ」

難しい顔の娘に冷たく怒られた店長は苦笑していた。

「白濱くんはもしかして……冬莉の彼氏さんかい？」

どうしてそうなる！

「……違います。違います。違います」

僕を彼氏だと勘繰る店長の声に食い気味の否定を被《かぶ》せる冬莉。

なぜ早口で三回言った。彼氏だと誤解されるのがそんなに嫌なのか？　そうなのか？

「……夏梅センパイは文化祭の模擬店で出すコーヒーを探しに来ただけ。私はその手伝いをしているだけですし、それ以上でもそれ以下でもないですし。普通の先輩後輩ですし」

やや恥じらいの色を浮かべる冬莉に背中をぽんぽんと軽く押された僕は店長と引き離され、コーヒー豆が並ぶ樽の前に移動させられた。

「父さんも何か手伝うかい？」

「……心配いりません。簡単に説明するだけなので」

「それもそうか！　困ったことがあったらいつでも声をかけてね」

気を利かせた店長の申し出を冬莉は迷うことなく断った。

冬莉の態度が素っ気ないというか、父親とは大の仲良しってわけでもない微妙な空気感が流れる。冬莉も高校二年生だしな。女子は思春期になると父親が嫌になるって聞いたこともあるし、ちょうど反抗期なのかもしれない。

「というか、ここって冬莉の家だったんだな。もっと早く教えてくれよ」

「……中学のころに来たことがあるセンパイならすぐ気づいてくれると思ったんですが」

冬莉の意見はごもっともだ。どうして気づかなかったんだろ。

「引っ越した？」

「……ずっとこの場所です。センパイ、もしかして忘れてたんですか？」

「ごめん！　ちょっとずつ思い出してきた！」

両手を合わせて平謝りせざるを得ない。

言い訳させてもらうと当時の道順とは異なる方向から来たのに加え、数年前までは店の周りに植物などは植えられてなかった気がするので、あのころの記憶とは多少なりとも異なっていたのだろう。

それにしても冬莉に言われるまで綺麗《きれい》に忘れていたのは反省すべきだ。

「冬莉？」

いつものごとくジト目と苦言で炙《あぶ》られるかと身構えたが、冬莉はこちらをじっと見詰めながら押し黙っている。

「マジでごめん……」

「……いえ、別に怒ってるわけじゃないですから」

助かった。怒ってはいないらしい。

「当時の僕としては印象深かったからかもしれないけど、冬莉の部屋の匂いとかはちゃんと覚えてるからな」

「……それはどうでもいいので忘れてください！　今すぐに！」

「生まれて初めて入った女子の部屋を簡単に忘れられるかよ！　お前が貸してくれるタオルと同じような良い匂いだったから安心してくれ！」

「……知りません！　きもっ！　きもきもセンパイ！」

「きもきもセンパイ⁉　お前こそねちねち文句言ってくるねちねち後輩だろうが！」

「……誰がねちねち後輩ですか！」

「高梨冬莉っていう後輩だよ！」

夏梅センパイからきもきもセンパイに格下げされてまった。どうせ僕はキモいですよ。

……第三者の視線を感じる。

「どうぞどうぞ、俺に構わず夫婦《めおと》漫才を続けてくれたまえ」

店の奥にいた店長に見守られ、僕と冬莉はバツが悪そうに目を逸《そ》らした。このデジャブ感よ……僕の家でも母さんに見守られた状況と同じことを繰り返してしまった！

お互いに気を取り直し、当初の目的を思い出す。

「いま思ったけどコーヒー豆って黒くないんだな。薄い緑っぽい色というか」

樽の中をよく見てみると淡緑色の豆がこんもりと盛られ、コーヒーのパッケージに印刷されがちな黒い豆はどこにも見当たらなかった。

「……焙煎《ばいせん》する前の生豆はこんな色です。この状態ではコーヒーの香りもしなければコーヒー特有の味もしません」

「マジか……黒い豆になった状態で収穫してると思ってた！」

「……豆知識が一つ増えてよかったですね」

「ああ。豆だけに、な」

「…………（チラッ）」

一瞬だけチラ見しての無反応はズルいだろ。

ダジャレを言わせる流れを作ったくせにスルーされるの、とっても悲しいね。

「……センパイが特に好きな種類はありますか？　参考までに教えてください」

「家で飲むのは母さんがまとめ買いしてる安いインスタントだけど学校でよく飲むのは雪印コーヒーかな、紙パックのやつ。バンホーテンのミルクココアと雪印コーヒーは高校生の青春の味よ。コーラスウォーターとかピルクルも好きだったなぁ」

「……おバカな夏梅センパイに聞いた私もバカでした」

おバカ⁉　冬莉の呆れた横目に炙られる。

コーヒー豆を一通り見渡した冬莉が、その中のいくつかに視線を移した。

「……ブラジルショコラはどうでしょう。酸味が少なくてビターチョコのような甘さがあるのでミルクとの相性も抜群なんです」

「ほーん、ブラジルショコラ」

「……インドネシアのゴールデンマンデリンはどうでしょう。マンデリンの中でも厳選された最高級の豆なので香りも良く、濃厚な苦みと豊かなコクが癖になります」

「ほえー、ゴールデンマンデリン」

「……センパイ、帰りましょう」

「もうちょっと付き合ってくれよ」

いまいちピンときていない先輩男子の他人事のような相槌《あいづち》がお気に召さないらしく、露骨に眉をひそめる後輩女子。

「いまお勧めされた二つ、クラスの人たちにも聞いてみようかな」

メッセージアプリの調理担当グループに【いまコーヒー豆の店に来てる】【ブラジルショコラとゴールデンマンデリンだったらどっちが良さげ？】という問いを投げてみた。

数名の既読がつく。一分も経《た》たないうちに【白濱の直感にまかせる〜っ！】と投げ返された。その下に連投されるのは『よろしく〜』みたいな意味合いのスタンプ。他のメンバーもメニューの試作で手一杯らしく、どうやら僕に丸投げされているようだ。

樽に入れられた生豆をじっくり眺めてみる。

「冬莉、この豆はどういう特徴が……って」

豆の銘柄について質問するべく冬莉のほうを見ると……いない？

いや、目線を下げると冬莉がいる。しゃがんでいた。

「……にゃー、にゃー、ごろごろごろ」

にゃー、にゃー、ごろごろごろ？

確かに冬莉は……そう囁《ささや》いている。

さすがに目を疑うも、これが現実。

僕の瞳に映し出されているのは、床に寝そべる猫のお腹《なか》を幸せそうに撫《な》でる冬莉だった。デレデレしている。冬莉が甘えた声を漏らしながら恍惚《こうこつ》とした顔で猫をわしゃわしゃと撫でているのだ。

無言で見詰める僕の視線を察した冬莉は瞬時に立ち上がり、何事もなかったかのような空気を醸し出す。

「……この豆の特徴について、ですよね？」

こいつ！　数秒前の出来事を完全に消し去ろうとしている！

「お前、いま猫と遊んで──」

「……フルーティでスッキリとした味わいのアンデスマウンテンも良いですよ」

「にゃー、にゃー、ごろごろって──」

「……センパイ、時間は限られてるんですから真面目に選んでください」

めちゃくちゃ真面目な顔で圧をかけてくるが、僕が生豆を真剣に吟味しているときに甘えた声で猫と遊んでたのはお前だろ。

どうやら僕の見間違いで押し切ろうとしているらしい。

完璧に見えて隙だらけなのを認めないのが冬莉の可愛《かわい》らしい一面でもあるから、お前が油断したときに隙を見せてくれる瞬間が……そこはかとなく楽しみなんだよな。

さて、脱線した話を元に戻すか。

「冬莉がいつも飲んでるコーヒーを教えてくれ。それにする」

「……い、いきなり言われても困ります」

「冬莉が好きな味を単純に飲んでみたいっていうのもあるな」

僕に丸投げされた案件を冬莉に丸投げしてみる。

話を唐突に振られた冬莉は困った表情を晒《さら》しつつ、とあるコーヒー豆の樽《たる》を指さした。

「……私がいつも飲んでいるのはタンザニアのスノートップです。最高級のキリマンジャロなので美味《おい》しいのは間違いないですし、それに……」

「それに？」

「……なんでもありません？」

「なんでもあるだろ？　何か言いかけただろ？」

「……言いかけてません？」

冬莉はとぼけた顔になって誤魔化《ごまか》そうとする。

どっちも疑問形という変なテンションになったのはさておき、冬莉が愛飲しているというスノートップの説明が中途半端に切られたのは多少気になった。

スマホに触れてスノートップを検索してみる。

「……ググらないでください」

「ちょっとだけ」

「……ちょっとでもダメです！　んっ！」

検索を妨害しようと手を伸ばす冬莉に対抗し、僕はスマホを高く掲げながら検索を続ける。冬莉も負けじとぴょんぴょん跳ね、邪魔してきた。

残念ながら僕のほうが身長は高い。背伸びしながら身体《からだ》を密着させてくる冬莉の小さな手はスマホに届かないのだよ。

なるほど。豆ではなく山のほうのキリマンジャロの頂に積もる雪が、スノートップという名前の由来らしい。

「スノー、雪……雪といえば、冬？」

「……わー、わーっ！」

わー、わーって……こいつ、焦ったときは子供っぽくなるのな。

名探偵・白濱夏梅の推理が冴《さ》え渡《わた》り、冬莉のクールフェイスが赤く染まっていく。

「自分の名前に〝冬〟が入ってるから親近感を覚えてる、ってところか」

「……ぐぬぬぬぬ」

すごい悔しそうな顔をされる。どうやら大正解のようだ。

ぐぬぬ顔の冬莉、かなりの激レアだぞ。

「というか別に恥ずかしいことじゃないだろ」

「……そうですけど、なんだか単純な人みたいな気がして。味とか風味で好きになったほうがカッコいいじゃないですか」

「ふっ、冬莉は単純だしな」

「……うるさいです。夏梅センパイに鼻で笑われるの……屈辱です」

不貞腐《ふてくさ》れてしまった冬莉に対して僕は苦笑いしつつ、僕らを微笑《ほほえ》ましく見守っていた店長と目が合う。

空気を悟った店長は『スノートップ、お買い上げですか？』というキラキラした瞳を向けてきたため、お試し感覚でスノートップを買うことに。

２４０ｇで千円……最高級を謳《うた》うだけあって値段も高め。

調理担当グループに試飲してもらうぶんは文化祭の予算で支払えるけど、大勢のお客さんに提供するのは予算的に厳しそうだ。

「……スノートップは数量限定にしないと予算的に厳しいかもしれませんよ」

やはり冬莉もそう思ったらしい。

「そうかもしれないけど、単純に飲んでみたかったんだよ。冬莉が好きなコーヒーをさ」

「……そうですか。飲みたかったんですか」

冬莉の声量が右肩下がりになっていき、僕から視線を逸らす。

「それなら……まあ、仕方ないですね」

でも、冬莉がちょっとだけ嬉《うれ》しそうに見えるのは気のせいだろうか。

店長が店内のロースターで焙煎してくれるのを待つあいだ、買ったのと同じ豆で淹《い》れたコーヒーを一杯サービスしてくれるという。なんて良い店なんだ！

「……センパイのぶんは私が淹れますから、お父さんは仕事していてください」

「そ、そうだよね……お湯は沸かしておくから」

しかし店長の申し出を冬莉が断り、冬莉自らがコーヒーを淹れてくれるらしい。

不仲でもなければ仲良しでもない。

部外者の目線だと、この親子の距離感がいまいち摑《つか》めなかった。

「……センパイ、このあと予定はないですよね」

「予定がないと決めつけられているのは腹立つけど、すぐ帰って受験勉強するだけだな」

「……もしよかったら、私の部屋でコーヒーを飲みませんか？」

「そうするかー」

…………

……んっ？　えっ？　どういうこと？

ここでようやく違和感が芽生えてくる。

自然な会話の流れに身を任せて「そうするかー」なんてアホみたいな受け答えをしてしまったが……冬莉はいま、なんと言った？

コーヒー豆専門店での用事を済ませたころには夕方になっており、受験勉強くらいしか予定がない僕はそのまま家に帰るつもりだった。

だがしかし、現在の僕はなぜか……自宅ではない場所にいる。

自分の家以外の匂い。白濱家よりも築年数が浅いのが一目でわかるほど小綺麗《こぎれい》な店舗兼《てんぽけん》住宅《じゅうたく》の二階に通された僕は正座していた。

白やグレーを基調とした家具やベッドは落ち着いた雰囲気を醸し、大きな本棚には文庫本が数多く並んでいる。

だが文学好きの洒落《しゃれ》た部屋になりきれないのは、猫キャラのぬいぐるみや流行《はや》りのキャラグッズが棚の上に密集しているから。

でも……ここに来たのは初めてじゃない。

この部屋は見覚えがあり、鼻呼吸するたびに感じる柑橘系《かんきつけい》の甘い香りもどこか懐かしく、いつも後輩が貸してくれるタオルの匂いと同じで。

男子では絶対に出せないこの魅力的な香りは、そう……女の子の部屋の匂い。

僕はいま、女の子の部屋にいるのだ。

「……どうして正座してるんですか？」

「いや、なんとなく」

部屋の主《あるじ》に指摘されるが、やけに緊張している僕は足を崩せなかった。緊張しているというよりは心がそわそわと落ち着かず、全身の筋肉が強張《こわば》ってしまっている。

女子の部屋なんて滅多《めった》に来る機会がない。経験値のなさが顕著に出ているせいで視線が定まらず、無駄にきょろきょろと部屋中を見回してしまうんだよ。

「……そんなに部屋を見ないでください。恥ずかしいですから」

「はい」

ほーら、叱られたじゃないか。

学校用の鞄《かばん》を下ろした部屋の主も僕の正面にちょこんと正座する。

最も仲が良い後輩の部屋に突然誘われ、向かい合って座っている状況になった。なぜ。どうして。僕はわからない。ただ誘われたからなんとなく二つ返事で来てしまっただけ。

決して嫌なんかじゃない。冬莉の部屋にお邪魔するのは中学以来なので舞い上がっているくらいなのに年上らしい冷静さを保てないダサさを嘆きたい。

「……もしかして緊張……してます？」

やはり鋭い。見破られた。僕の顔に緊張の二文字が浮き出ているのだろうか。

「お恥ずかしながら緊張している」

「……今さら私の部屋で緊張するような新しい関係でもないですよね」

「女子の部屋に入った経験がなさすぎるゆえに」

僕の正直さがおもしろかったのか冬莉が小さく笑う。それがきっかけになって僕の緊張もわかりやすく解《ほぐ》れ、やけに重く感じていた身体が軽くなった。

「うわっ……足痺《しび》れた……！」

「……ふふっ、慣れない正座なんてしているからですよ」

痺れた足を崩そうとしたら足腰に力が入らず、転びそうになった不格好な姿を冬莉にまた笑われてしまう。

だが、会話が途切れると沈黙の時間。

身体を少し動かすたびに擦《こす》れる制服の音ですら大きく感じられた。

泳いでいた視線を正面に戻すと、同じタイミングで正面を向いた冬莉と目が合う。

窓から差し込む茜色《あかねいろ》の夕日のせいか……冬莉の頬《ほお》が赤く染まっている。暑い。冷房の風は循環しているはずなのに、肌の内側から湧き出る熱が全身を這《は》っていく。

唇が乾いた。冬莉の吐息の音すら聞こえ、自分の心臓が高鳴っていった。

「……夏梅センパイ」

冬莉の瞳が揺れている。

艶《あで》やかな声が、僕を呼ぶ。

一滴の汗が頬を流れ、溢《あふ》れ出《で》そうな生唾をごくりと飲み込んだ。

「……センパイ、あの！」

意を決したように冬莉が口を開いた……が、

「冬莉、お湯が沸いたよ」

店長が一階から階段を通じて呼びかける声に遮られ、冬莉は反射的に立ち上がった。

「……コ、コーヒー淹れてきますね」

「あ、ああ。お願いします」

冬莉が一時的に部屋から出た瞬間——

「はぁあああああああああああああ……」

高熱がこもった息を大きく吐き出す。

危なかった……気恥ずかしさが限界に達しそうになっていたから。

僕も敬語になってしまうほど平常心が保っていられない。僕たちから滲《にじ》み出《で》ていた変な緊張感や高揚感が部屋中に充満している気分になってきた。

落ち着け。冬莉は後輩だ。妹みたいな存在なんだ。

中学から同じ髪型で背も小さくて、ねちねちと文句を言うのが得意で、素直な顔をあまり見せてくれない。そして、たまにピアノを聴かせてくれる。

こんな関係がこれからも続いていって、なんだかんだで仲良しの先輩後輩のまま大人になっていく。この関係が劇的に変わることなんてありえない。

冬莉を待つあいだ、そう自分に言い聞かせて平常心を取り戻していったが、速度を著しく増した心拍数はなかなか元に戻ってはくれなかった。

数分後、二つのマグカップをトレーに載せた冬莉が部屋に戻ってくる。

放課後に後輩女子の部屋でコーヒーブレイク……もちろん初体験だ。

マグカップに注がれたコーヒーから漂う湯気と香り。僕には豆ごとの違いなんてよくわからないものの、やはり安物とは香りの質が異なる……気がする。

僕のぶんをテーブルへ置いてくれた冬莉に感謝し、マグカップを持ち上げて鼻先へ近づけた。鼻を抜ける香りは格段に濃い。生意気に格好つける僕が香りを嗅いでいるうちに、冬莉はさっさと口をつけて慎《つつ》ましやかに一口飲んでいた。

表情はあまり変えず、小さい声で……一言。

「……おいし」

無意識に零《こぼ》れた感想なのだろう。

冬莉ってさぁ……こんなに可愛《かわい》かったっけか？

特に最近は朝も放課後も冬莉と会う機会が増えたからか、今まで知らなかった言動や表情が次々と僕の記憶に刻まれていく。

「……なんですか？　じっと見られるのは恥ずかしいんですけど」

うおっ！　不覚にも冬莉と視線がぶつかり、こっそり見詰めていたのがバレる。

「見てないよ」

「……見てました」

「見てない」

「……いや、見てました。センパイ、こっち見てました」

なんとなく気恥ずかしいので嘘《うそ》をついたが、冬莉は頑固だから譲ってくれない。

いたたまれなくなった僕はコーヒーに口をつける。ほのかな甘さと上品な苦さが口内に染み渡り、爽やかな後味が喉を吹き抜けていく。

専門的な知識はほとんどないけど、今まで飲んできたコーヒーよりも格段に香り豊かで奥深いのは間違いなかった。

「……センパイ」

「はい？」

「……ご感想をどうぞ」

冬莉が恐る恐るといった様子で味の感想を求めてくる。自分が好きなものを相手も気に入ってくれるのかを不安に思う気持ちは理解できる。

気取った感想を並べる語彙力がないし、美味《おい》しいという一言だけでは味気ないから。

「冬莉が勧めてくれたものが不味《まず》いわけがないよ」

僕が冬莉に寄せる絶大な信頼をシンプルな言葉にして表現してみた。

こいつは素直じゃないので顔をしかめたまま苦言を呈してくるだろう……と思いきや、

凍りついていた冬莉の表情は雪解けのように柔らかく解《ほど》け――

「……よかった。よかったです」

――満面の笑み。

嘘偽りのない笑顔が冬莉から零れ、意表を突かれた僕は見惚《みと》れそうになってしまう。

初めてだ。冬莉がこんなに〝嬉しさ〟を剝《む》き出しにしてくれるなんて。

「……はっ！　な、なんですか！　何か文句ですか！」

僕の生暖かい眼差《まなざ》しに勘づいた冬莉が逆ギレみたいに取り繕い、すぐに表情を引き締めてしまった。満面の笑みを僕にくれた時間、僅か三秒。

「……何かを見たようですが、すぐに忘れてください」

「めちゃくちゃ可愛い笑顔だったよな」

「……センパイのばか！」

可愛いって言われたい雰囲気を出すときもあれば、こうして言ったら言ったで恥ずかしそうに怒ったり……冬莉の乙女心はいつも繊細で気まぐれだ。

でも、僕はもう覚えてしまったからな。

忘れてほしいと頼まれたけれど、冬莉がふいに見せてくれた心からの笑顔をきっと忘れないだろう。

「……センパイ」

「なに？」

「……私、バスケ部のマネージャーをやめたんです」

空気が和らいだことで口が滑らかになったのか、驚くほどあっさりとしたタイミングで退部の件を告げられる。

「知ってたよ。バスケ部の後輩から聞いた」

「……そうだったんですね。いつ言おうか悩んでいた私がバカみたいじゃないですか」

冬莉なりに言う機会をずっと探っていたようだ。

「どうしてやめたのか……もしよかったら教えてくれ」

「……知りたいですか？　どうしても知りたいですか？」

「どうしても知りたい、ってことにしておくか」

「……センパイがどうしても知りたそうなので教えてあげましょう」

今の冬莉は気分が良さそうなので余計な茶々は入れない。

「……深い理由なんてありません。部活を続ける意味がない……それだけです」

「よくわかんないんだけど」

「……夏梅センパイはわからなくていいんです。わからせるつもりもないですから」

「教えてくれるんじゃないのかよ」

「……気が変わりました。やっぱり自力で気づいてください」

とぼけた顔をされ、はぐらかされる。

「お前、めんどくさいのな」

「……私が面倒臭くなるのはセンパイの前だけですから」

「そういう後輩に育てた覚えはない」

「……センパイに育てられた覚えがないので」

部活を続ける意味がなくなった。

そこはかとない親近感を抱く理由は、かつてバスケ部をやめた僕と似ていたから。

春瑠先輩と一緒に過ごす口実が欲しくて、そして兄さんに勝ちたくて、僕はバスケを始めた。春瑠先輩がバスケ部を引退し、同じ年に兄さんが亡くなったことも重なってバスケを続ける意味を完全に見失った。

冬莉にとっては部活を始めた何かしらの理由があり、それを失ったからやめた……それだけ。僕には冬莉の行動を止める資格はないし、決断を否定する気もなかった。

「いま思うと、冬莉が高校生になってからバスケ部に入ったのは意外すぎたよ」

「……頭脳派でインドアの私がいきなり運動部は意外ですよね」

「お前、めちゃくちゃ運動音痴じゃん」

「……読書とピアノが趣味の私には運動部のイメージがない、と思うセンパイの意見は理解できます。だから選手ではなくてマネージャーになりました」

運動音痴を意地でも認めたくない、という強い抵抗を感じる。可愛いやつめ。

「……心配しないでください。最近の高梨冬莉は結構楽しくやってますから」

その言葉は嘘偽りないのだろう。

僕の目を真っすぐ見ながら柔らかく微笑《ほほえ》む冬莉を見ていれば、それくらいわかる。

ゆっくりと立ち上がった冬莉は部屋の片隅へと歩き出し、壁際にどっしりと居座っていた大きな物に触れ、かぶせられていた布を取る。

誰もが一度は見たことがあるであろう『黒い楽器』が姿を現した。

そうだ、前にこの部屋に来たときもあった。体育館や音楽室にある本格的なものよりも一回り以上小さい家庭用の電子ピアノ。CASIO の Privia というシリーズだとか。

「……このピアノ、お母さんからもらったものなんです」

冬莉の母さん。

たった一度しか会ったことのない彼女は背が高くて優しそうで、冬莉に少し似ている綺《き》麗《れい》な顔だった。髪型は冬莉と違ってロングだった印象がある。

「……お母さんはこのピアノでいろんな曲を弾いてくれました。定番のピアノ曲というよりはJ-POPのピアノカバーをたくさん演奏してくれて、子供だった私も見よう見まねで弾き始めました。私のピアノは母親の真似《まね》なんです」

冬莉の語りに連動して僕の記憶も蘇《よみがえ》ってくる。

「冬莉の母さん……僕が来たときもピアノを弾いてくれたよな」

「……あの曲はお母さんが好きだったんですよ。どちらかといえばお母さん世代に馴染《なじ》みがある曲なので」

中学のころに僕がこの家を訪れたとき、冬莉の母さんは一曲だけ弾いてくれた。僕らの世代からしたら結構古い……まだ生まれる前の九十年代の曲。ピアノでアレンジされたメロディも記憶の片隅に残っているのでサビを口遊《くちずさ》むくらいならできる。

「……その曲は私も弾けるようになりました。お母さんが喜んでくれる顔が見たかったからたくさん練習して、練習して、練習して……」

僕にというよりはピアノに語り掛けるような……いや、ピアノの前に笑顔で座っているであろう母親の面影に語り掛けるような冬莉の眼差しが、胸の奥に鈍痛を生む。

僕にとっては過去の出来事の一つに過ぎなくても、冬莉にとっては身近にあった家族の思い出で今はもう取り戻せない時間だから。

「……ピアノが好きでも何でもないんです。お母さんに喜んでほしいから弾いてただけなので……いまは何のためにピアノを弾くのかわからなかった。意味が見出《みいだ》せなかった」

マネージャーをやめた理由と同じだった。

高梨冬莉という後輩は自分のために何かをやり始めるタイプじゃなく、大切な誰かのために頑張るような人間。

ピアノが好きだから、バスケが好きだから、ではない。

自分のピアノを好きな誰かのために弾く。

自分が手助けすると喜んでくれる誰かのためにマネージャーをする。

こいつは本当に一生懸命だけど、それ以上に心が繊細で危なっかしい。

その不器用な健気《けなげ》さは大切な誰かに依存している。

「でも、最近の冬莉は一人でもピアノを弾いてるよな」

これ以上ない機会だと思い、多少なりとも気になっていたことを聞いてみた。

高校生になってからの冬莉はピアノの演奏を頑《かたく》なに避けていたのに、昼休みに一人で弾くようになった。ピアノを弾きたい理由ができかけているのだろうか。

「……私がピアノをこっそり弾いてるのに気づいちゃいましたか」

「見物人が体育館まで見に来てただろ。僕以外にも気づき始めてるよ」

「……咄嗟《とっさ》に隠れて誤魔化《ごまか》していたのにバレていましたか」

あれで本当に誤魔化せたと思っていたらしい。暗幕に包《くる》まってたポンコツ冬莉を思い出すだけでも笑いそうになる。当分忘れないな。

学校には大勢の人がいる。

第二体育館は校舎から多少離れているとはいえ、力強く演奏するピアノの音は誰かしらの耳には届く。それを冬莉がまったく理解せずに弾いていたとは思えないんだよ。

「……おかしな行動ですよね。もうピアノは弾かないとか言ってたくせに、突然思い出したかのように弾き始めたりして。かまってちゃんみたい」

「かまってちゃんみたいというか、冬莉はかまってちゃん」

すっごい嫌そうな目で睨《にら》んでくる。僕に言われるのは腹立つみたいだ。面倒なやつめ。

「……夏梅センパイのクラスは文化祭で模擬店をやるみたいですが、私たちのクラスは参加希望の人たちで合唱をすることになりました」

「もしかして……冬莉が伴奏することになったとか？」

「……いえ、他のピアノ経験者が伴奏に立候補していたので私は不参加のつもりでしたし、そのときはピアノを弾く気なんてありませんでした」

クラスの出し物を決めるのはだいたい夏休み前。その時期の冬莉はまだバスケ部のマネージャーであり、僕と二人きりのとき限定で稀《まれ》に弾いてくれる程度だった。

だから勝手に決めつけていた。

冬莉が大勢の前で演奏する光景は見られない、と。

「……ですが、伴奏するはずだった人は夏休み中に自転車で転んで腕を骨折してしまったんです。代わりにピアノを弾ける人もクラスにいないし、新しい出し物を考えて練習する時間もないので『ステージ発表の参加は見送ろう』という寂しい空気になりまして」

寂しい空気にもなるよな。貴重な夏休みに各自の予定を合わせてこつこつと合唱練習していただろうに、ステージにも立てないまま人知れずに終わるのだから。

「……私は参加辞退でも問題なかったんですが〝とある目撃談〟を思い出した伴奏者の人が私に相談してきたんです」

「とある目撃談？」

「……夏休み前、私が体育館でピアノを弾いてたっていう話です」

「お前、そのときから一人で弾いてたのか」

「……どうして他人事《ひとごと》なのかわからないですけど夏梅センパイも一緒にいましたからね。体育の先生に見つかって逃亡したじゃないですか」

……ああっ、あのときか！

陽炎《かげろう》の夏をはじめとした様々な出来事があったせいなのか、そのときの映像が脳内再生されるのに若干の遅れが生じてしまった。

「……私の家もうろ覚えだったし、たったひと月くらい前の出来事も忘れかけてたんですね、センパイは」

「大変申し訳ございません……」

「……別に怒ってないですよ。怒ってないですから。怒ってないですって」

こっわ。ぜったい怒ってる。

冬莉との記憶がごっちゃになっている僕が圧倒的に悪いので仕方ない。

落胆の視線で突いてくる冬莉に罪悪感を覚えつつ、話は続く。

「……ここまで話せばもう察したと思いますが、私は伴奏の代役を頼まれたんです。クラスの有志メンバーで歌う曲はさほど難しくないので技術的には問題ないんですけど――」

表情が少しずつ曇り出した冬莉は、なんだか煮え切らない様子だった。

「……一度はちゃんと断りました。でも、熱心に何度も誘ってもらっているうちに……代役を引き受けるかどうか迷ってきたんです」

「一度断ったのは、やっぱり人前でピアノを弾くのが嫌だから、か？」

「……嫌というよりはクラスの期待に応える自信がないんです。私はずっとピアノを遠ざけていて、センパイの前で気が向いたときしか弾いていませんでしたから。迷いに迷って昼休みにコソコソと練習をしてる……といった現状です」

なるほど。だから一人でこっそりピアノを弾いていたのか。

もし代役を引き受けたくなったら伴奏者として即座に対応できるように。

「もしかして、伴奏する予定だった人は腕に包帯巻いてる元気そうな女子？」

「……そうです。会ったことあるんですか？」

「その子たち、誰かを探しに体育館まで来てたよ。お前のことを探してたんだな」

昼間の体育館で会った後輩たちの話題と冬莉の話が綺麗に嚙《か》み合った。

腕を骨折……右腕に包帯を巻いてた元気な後輩が伴奏する予定だったのね。だから代役探しをがんばってたのか。

「……クラスの人たちには申し訳ないんですけど、のらりくらりと逃げて返事を先延ばしにしている状況でして。夏梅センパイ、私はどうしたらいいんでしょうか」

「それを僕に聞くの？」

「……不本意ですが夏梅センパイくらいしか相談できる相手がいないので」

不本意、は余計なんだよなぁ。

こいつが素直じゃないのはともかく、冬莉の声音が不安そうに萎《しほ》んでいるので相当迷っているのだろう。しかし、僕としては嬉《うれ》しさに似た感情が込み上げてくる。

冬莉がクラスの話題を出すのは初めてだし、なおかつクラスの問題解決策として頼られているとなれば背中をそっと押してあげたくなるものだ。

「やってみたらいいんじゃないかな。ステージ発表ができないかもっていうピンチに冬莉が大活躍すればクラスの人気者になって友達もたくさんできるかもしれないし」

「……まるで私は友達が少ないみたいな言いかたですね」

「昼休みの体育館に一人でいるのは相当レベルが高い」

「……まあ、友達が少ないのは認めましょう」

いない、ではなく〝少ない〟と言い張るのが冬莉らしい。

正直なところ冬莉が同級生と仲睦《むつ》まじく話していたり遊んだりしている場面を高校では見たことがなかったので多少は心配していた。

だから……冬莉がクラスの出し物に興味を示しているだけでも僕は嬉しいんだ。

でも、冬莉の参加を後押ししたい理由はそれだけじゃない。

「シンプルに言えば僕が見たいだけなんだよ。文化祭の舞台で冬莉が演奏しているのを」

「……私が文化祭で演奏したら、夏梅センパイの思い出に残りますか？」

「僕と冬莉……二人の思い出にもなってさ、卒業したあともその話で盛り上がったりしたい。冬莉の演奏を聴かせてくれたら僕は嬉しいし、もっと聴きたくなる」

僕の率直な言葉を受けて押し黙る冬莉だったが、その瞳には確かな力強さが宿っていた。

「……わかりました。夏梅センパイの思い出に残ってほしいので、文化祭に出ます」

そして、夕日に映える純粋な笑顔を見せてくれる。

先ほどまでの迷いなんて微塵《みじん》も感じられなくなっていた。

何かを思い出したかのようにスマホの時計を見た冬莉は瞬時に立ち上がり、部屋から出ていく。意表を突かれた僕も慌てながら後を追い、一階まで下りていった。

店の前に停《と》めていた自転車に近づく冬莉を呼び止める。

「どこ行くんだよ……!?」

「……クラスの人たちが言ってたのを思い出しました。ステージ発表の審査落ちした他のグループが代わりに出られるよう、今日の十七時までに代役が見つからなかったら実行委員会のほうで出演をキャンセルさせられるかもしれないって」

「十七時って……あと三十分くらいしかないぞ？」

「……参加の取りやめを実行委員が判断する前にどうにかします」

やけに心強いことを口走った冬莉が自転車に跨《また》がり、ペダルを勢いよく漕《こ》ぎ始める。

「包帯巻いてた子に電話とかメッセージを送ったほうが早いだろ！」

「……私が連絡先を交換している前提で話さないほうがいいですよ、センパイ？」

……そうだと思った。

高梨冬莉は、友達がとても少ない。

＊＊＊＊＊

流れに身を任せた僕も走り出し、冬莉の後ろを再び追走する形になった。

自主練ではない。全速力で自転車を漕ぐ冬莉を全速力で追いかけ、学校の敷地内に十分以内で着いたものの……部活に入っていない生徒はとっくに下校している時間帯だ。

「……はあ……ふう……せ、センパイ……待ってください……」

おそっ！　少し歩くだけで距離が開いてしまい、足元がおぼつかない冬莉を待つ。

「なんでチャリだったお前のほうが疲れてるのかね」

「……せ、センパイ……歩くの速いです……もうちょっとゆっくり……」

「僕は普通に歩いているからお前が遅いだけだな」

「……校内って自転車ＯＫでしたよね？」

「とんでもない校則を勝手に作るなよ」

自転車を少し漕いだだけで体力が尽きた冬莉と校内を探し回ったが、包帯巻いてた子や仲間はどこにも見当たらず、冬莉の教室にも立ち寄ってみたけど誰にも会えなかった。

すでに参加辞退の手続きをして帰ってしまったのだろうか、と半ば諦めに近い心境になりかけていたが、冬莉の目はしっかり前を向いている。

「……昇降口の下駄箱《げたばこ》にあの人の靴はありました。まだ学校にいるはずです」

あの人とは包帯の子だろう。連絡先や相手の家がわからない以上、学校にまだ残っている痕跡を頼りに探していくしかない。

「いまはスマホがあればすぐに居場所がわかるけど、携帯電話すらなかった時代はこんな感じで行き違いが多かったのかな」

「……地道に聞き込みしていくしかないですね」

すでに十七時が迫っている。

レトロな気分を体感しつつ、廊下で擦れ違った初対面の生徒に声をかける。

「……突然呼び止めてすいません。斉藤《さいとう》さんがどこにいるかわかりませんか？」

「斉藤さん？　誰のことですか？」

冬莉が聞き込みしようとするも、声をかけた生徒は疑問符を浮かべる。当たり前だ。人探しをするうえで最低限の情報が足りなすぎる。

というか、包帯の子は斉藤って名前だったのね。うん、すごく普通だね。

「……あの、ポニーテールみたいな髪型で……二年生で……右腕に包帯を巻いてる元気そうな人なんですが」

冬莉は髪をまとめる仕草や包帯を巻く動きで説明しようと頑張っていたが、相手の苦笑いを見る限りではいまいち伝わってない。どうでもいいが、ぎこちなく身振り手振りをする冬莉は微笑《ほほえ》ましいね。

その生徒は包帯の子改め斉藤を存じていなかったため、冬莉は軽く頭を下げて感謝の意を示し、その生徒と別れた。

もうすぐ十七時。冬莉のクラスメイト・斉藤を探す旅は難航を極めた……が、

「……こうなったら最終手段しかなさそうですね」

意味深なことを呟《つぶや》いた途端に走り出した冬莉についていく。教室棟を出た先の渡り廊下を二人で駆け抜け、いつもの第二体育館へ。

放課後の第二体育館は昼休みとはまったく違う顔を見せる。とにかく蒸し暑い。だだっ広い屋内の中に複数の運動部が点在し、球技ならではの掛け声やボールが跳ねる音などが響き渡っている。

ああ、懐かしい。かつては僕もこの空間に存在していた。滝のような汗を流しながら走り回り、ボトルの冷たい水をカブ飲みして、嬉しさや悔しさの雄叫《おたけ》びをあげていたんだ。

「こんなところにあいつらがいるわけが……」

ざっと見た感じ、斉藤の姿はどこにもない……僕はそう思っても、冬莉は一歩ずつ前に進み出す。

運動部の邪魔にならないよう体育館の壁際を大回りしながら、冬莉は『ある場所』で立ち止まった。体育館の左隅に長年置かれている重厚なグランドピアノ。そこは冬莉が昼休みを静かに過ごす隠れ家みたいな場所で、そのままピアノ前の椅子に腰掛ける。

「……あの人たちがまだ学校にいるなら、ここに呼んでみせます」

それだけを静かに呟く冬莉。あれほど切らしていた息はもう整っていた。

運動部員や顧問の教師は脇目も振らず練習に集中している。

コソコソと入ってきた元バスケ部の二人に気づいた者はいない。

いまから何をするのだろうか。

冬莉の行動がどういう意図なのかわからない。

発言の意味を僕にも教えてくれない。

黙って私を見ておいてください、とでも言わんばかりに背中で語ろうとしている。

蓋を開けた冬莉は小さく息を吐き、白黒が並んだ鍵盤に指を添え——

小枝のように細い指先が、沈む。

冬莉が音の世界へ沈んでいく。イントロから激しく音が跳ねる。白くて綺麗《きれい》な手首が上下に踊り出し、十本の指が軽快なステップを踏む。

ここにいる誰もが知る……とは言えない楽曲のピアノカバー。

椎名林檎《しいなりんご》・丸ノ内サディスティック。

冬莉が中学のころによく弾いていた曲であり、冬莉の母さんが最も好きだった曲。

母の真似《まね》をして弾き方を覚えた。だから記憶に残る音と同じだ。冬莉の母さんが一度だけ弾いてくれた音色が頭の中で重なり、心が震える。

ジャジーなアレンジが妖艶《ようえん》な雰囲気を醸し、酒もないのに酔わせてくれる。

浸る。自分の口から熱い吐息が漏れる。あれだけ煩《うるさ》かった運動部の掛け声がピタリと止まる。跳ね回っていたボールの動きが止まる。

自分の意思じゃない。外部の力で自然に止められた。冬莉が奏でる丸ノ内サディスティックが無防備な耳に浸透し、周囲の視線が音の発生源に引き寄せられたからだ。

冬莉のピアノに体育館中の興味が注がれている。

僕らは邪魔者。無許可での演奏は部活を妨害する迷惑な行動のはずだ。

でも、クレームはこない。文句を投げつけてくるやつはいない。

さらなる深みに落ちていく。僕はピアノを弾く冬莉を最も近くで見ている。

ある意味では特等席だ。特別感が気持ちいい。表情を一切変えない冬莉が鍵盤を叩《たた》くたびに生じる心地よい痺《しび》れを、永遠に堪能していたい。

久しぶりだ。この感覚を、数年ぶりに思い出した。

冬莉だけの音色を、放課後の体育館でピアノを弾いている冬莉の横顔を──

こんなにも、待ち焦がれていたのか。

耳コピによる独自の音を鏤《ちりば》めたアウトロ。自由気ままに遊び終えた十本の指が静止する。

体育館内に咲き誇っていたピアノの音が次第に消え、無音の時間が訪れた。

百人近くは存在するであろう空間は突然の演奏に魅了され、棒立ちにさせられ、部活動を放棄し、ここにいる全員の最優先である部活動を一時的に忘れさせた。

「えっ、誰が弾いてたの？　女の子？」

「バスケ部やめた高梨じゃん！　こんなにピアノ上手《うま》かったんだ！」

「曲名は知らないけどなんか凄《すご》かったな……！」

ざわつき始め、束《つか》の間《ま》の静寂が壊れていく。良い意味での戸惑いや驚きの声がそこらじゅうから囁《ささや》かれ、冬莉が話題の中心に躍り出たのだ。

うるさい、邪魔、迷惑……といった後ろ向きな声は聞こえてこない。

部活中だったのを思い出した主将や顧問に促され、運動部員の大半が練習に戻っても未《いま》だに好奇の眼差《まなざ》しを向けながら立ち話する生徒もいた。

「お前がどういう考えなのかわからないけど、部活の真っ最中にいきなりピアノを弾き出したらこういう雰囲気になるって」

突飛な行動を起こした冬莉に声をかけるも、当の本人は弾き終えた直後から俯《うつむ》いて視線を落とし、鍵盤に指を置いたまま身動きしない。

ただ……唇だけは僅かに揺れ、聞き取りづらい独り言を零《こぼ》す。

お母さん――と、言った気がした。

「冬莉、どうした？」

「……いえ、なんでもないです」

僕の語り掛けにようやく反応した冬莉はゆっくり顔を上げる。

表情が変わらず冷静に見える彼女が絞り出した声は心なしか弱々しく、鍵盤に触れている指先は微《かす》かに震えている。

演奏直前は誰もこちらに注目していなかったものの、やはり緊張していたのだろうか。

それとも予想以上に周囲がザワついたので多少なりとも物怖《ものお》じした……とか？

「あいつら、冬莉がピアノを弾けるって今さら知ったみたいだな」

「……どうして夏梅センパイが得意げな顔してるんですか」

僕に対する受け答えはいつも通り。小さい溜《た》め息《いき》を吐《つ》く冬莉の表情は強張《こわば》ったまま凍りついているから、お前の中で渦巻いている感情が読めないんだよ。

「やっぱり高梨さんだった！」

体育館の入り口あたりから冬莉を呼ぶ声。

遠目からでも腕に包帯巻いてるシルエットで判別しやすい斉藤だ。

「いや〜、やっぱり高梨さんだったぁ。体育館から気まぐれで聴こえてくるピアノの音色は高梨さんしかいないもんねぇ」

うんうんと自信満々そうに頷《うなず》く斉藤。

「お前、これを目論《もくろ》んでたんだな」

「……さあ、どうでしょう」

とぼけやがる。無駄にカッコつけやがって。

昼休みに冬莉の音色を聴きつけた斉藤たちの習性（？）を利用し、学校のどこかにいたであろう彼女たちに体育館からの一曲を届けた。それが斉藤の耳に運良く届いた。

「……斉藤さん、私でよければ代役として伴奏に参加させてください」

冬莉がようやく本心を告げる。

連絡先がわからないゆえに回りくどい方法になったけど、人間関係の作りかたが不器用な冬莉らしいと思った。

「てか、聞き間違いだと信じてスルーしてたけど斉藤さんって誰のことっ⁉　わたしの名前、武藤《むとう》なんだけどっ⁉」

……いま明かされる衝撃の真実。

斉藤……いや武藤が二段重ねのご立腹を表明し、冬莉の視線があからさまに上を向いた。

どう言い逃れしようか考えてる顔だ。僕にはわかる。

「…………最初から武藤さんって呼んでましたけど」

「変な間があった！　斉藤さんって呼んでたよねぇ⁉　クラスメイトの名前をうろ覚えとかヒドイよぉ～っ！」

涙目になった武藤が冗談っぽく怒りながら詰め寄っても、間違いを認めずに渋い顔でやり過ごそうとする冬莉が笑える。

「……騒がしい人は苦手です」

「えへへ♪　わたしは高梨さんと仲良くなりたいなぁ～～っ！」

ぐいぐいと絡んでくる武藤に素っ気ない反応を返す冬莉だが、本気で嫌がっているわけではないのだろう。

　この二人、クラスでの立ち位置や性格はまるで正反対だが意外と相性は良さそうだ。交友関係が狭い冬莉の友達になってくれたらいいのに、と期待するのは贅沢《ぜいたく》な願いだろうか。

「あらためまして高梨さん、ステージ発表を成功させよう！　よろしくお願いします！」

　武藤が差し出してきた手を、冬莉は遠慮がちに握り返した。

「……わ、私でよろしければ……微力ながらお手伝いさせていただけると……」

「あーっ、かたいかたい！　わたしは取引先の偉い人じゃないんだからさぁ！　冬莉、がんばりまーすっみたいな感じで、ねっ！　笑って笑って！」

「……やっぱり斉藤さんは苦手です」

「いやぁ〜っ！　嫌わないでーっ！　仲良くしようよーっ！　名前も早く覚えてーっ！」

　べたべたと抱き着く武藤に驚いて身を捩《よじ》る冬莉だが、がっちりホールドされていて振り払えないらしい。冬莉に目で助けを求められるが、女の子同士の微笑《ほほえ》ましいやり取りなので見守っておくことにする。僕は壁。男が割って入るのは無粋というものさ。

「冬莉」

「……なんですか？」

「友達できて良かったな」

「……ちょっとバカにしたような言い方がムカつきます！」

　まんざらでもないくせに〜素直じゃないなぁ。

第三者目線で温かく見守る保護者の気分を味わっていた。

「さっそく今から合唱練習するけど高梨さんももちろん来るよね？」

「……えっ？」

「学校に残ってる合唱メンバーに招集をかけるね！　音楽室は吹奏楽部が使ってるから体育館のステージを借りられるか聞いてみよう！」

「……えっ？　えっ？」

行動力の鬼である武藤に圧倒された冬莉は呆気《あっけ》にとられっぱなし。

「高梨さんの……お兄さん？　高梨さんをしばらくお借りしますね！」

「いいよ。好きなだけ遊んでやってくれ」

「……この人は兄ではなくて！　センパイもどうして乗り気なんですか！　ちょ、ちょっと待ってくだ……えっ、あっ……！」

走り出した武藤に手を引かれ、冬莉は戸惑いながらも一緒に走り出す。

来年の僕はもうこの学校にいない。一人きりで過ごすのが冬莉の当たり前だとしても、たまには誰かと喋《しゃべ》って様々な表情を見せてほしいから。

僕は黙って小さく手を振り、照れ臭そうにこっちを見た冬莉がステージのほうへ連れ去られるのを見送った。

ふと、視界の隅に映り込む人影。

体育館の隅のほうに見知った人物が佇《たたず》んでおり、すでに立ち去ろうとするところだったが……二年の堀田マキナが確かに立っていた。


そのままずっと、一人ぼっちの体育館で弾いていればいいのにねー

堀田の捨《す》て台詞《ぜりふ》が脳裏を過《よぎ》る。

陰のある表情を垣間見《かいまみ》せて去る者は無性に追いたくなる。咄嗟《とっさ》な衝動に駆られて追いかけたが、僕が駆けつけたときにはもう体育館の出入り口付近に堀田の姿はなかった。

あいつは文化祭実行委員長。ステージ発表の舞台になる体育館に何かしらの用事があるのは不思議じゃないし、実行委員の仕事で立ち寄っただけかもしれないけど。

堀田が去る直前に見せた心苦しそうな表情が目に焼きついて離れなかった。

教室棟へと繋《つな》がる渡り廊下まで移動すると、手すりに寄りかかる堀田がいた。

「実行委員長ともあろうお方はあちこち見回るから忙しそうだな」

ワザとらしく声をかけた僕に対し、堀田が気怠《けだる》そうな眼差しでこちらを見据える。

その瞳に心苦しさは感じられず普段通りの印象を受けた。

「三年の白濱先輩が二年の出し物に首を突っ込んでるヒマあるんですかねー。自分のクラ

スの準備すら遅れているのにさー」

反撃と言わんばかりに嫌味《いやみ》っぽい口調で攻め立てられる。準備の遅れで心配と迷惑をかけているのは事実なので苦笑するしかない。

「もしかして、冬莉に用でもあった？」

「どうしてそう思うんですー？」

「なんとなくだけど、さっきまでのお前は冬莉を見ていたように思えたから」

堀田は煩わしそうに目を細め、グラウンドのほうに視線を逃がす。

「武藤さんのクラスで伴奏者の代役が決まっていなかったら出演の中止を通告するために立ち寄っただけでーす。ステージ発表の企画会議に落ちてキャンセル待ちしているクラスや有志グループも数多くいるので、参加できるか不透明のクラスをいつまでも待つわけにはいきませんからねー」

先輩相手にも容赦なく運営側の正論で殴ってきやがる。

「残念ながら無駄足だったな。期限ギリギリになったけど冬莉が代役を引き受けたよ」

「それが間違いなんです。冬莉さんでは代役になりませんからー」

「お前は冬莉とも同じ中学で……しかも同級生だよな。それなら冬莉がピアノを弾けることくらい知ってるだろ」

「はい、中学三年のときは同じクラスでした。だからこそわかるんです」

外野の僕が何を喚《わめ》いても捻《ね》じ伏《ふ》せてきそうなプレッシャーを放つ堀田だったが……己の足元へ視線を落とした。

「あの子、本番で弾けないですよ。絶対に無理です」

堀田は強い言葉を用い、完全に否定した。

あの子……話の流れ的に冬莉のことを指しているのか。

また視線がぶつかり合う二人の言い分は正反対で相容《あいい》れなかった。先ほども冬莉の演奏を見ていただろう堀田の発言とは思えず、僕は困惑せざるを得なくて。

「あー、大人しくクラスごと辞退しておけば面倒じゃないのにさー」

ガシガシと手荒く髪の毛を撫《な》でた堀田は不満そうな態度を隠さない。

「何も知らないなら軽々しく首を突っ込まないでいただけませんかー？　そういうことされるの本当に迷惑なんでー白濱先輩のやってることマジで邪魔なのでー」

僕を敵視しているのか、あからさまに苛立《いらだ》ちが込められた声音。

「黙って一人で体育館にいればいいんです。一人でピアノを弾いてれば誰も不幸にならないのに、どうしてこうなるかなー」

「お前にキレられる筋合いないんだよ」

「どうせ白濱先輩がそのかしたんですよね。だったらキレる筋合いありますよ。余計なことをしてくれたってねー」

親しい後輩に関しての理不尽な憤りをぶつけられると、それがこちらにも伝染するらしい。僕の苛立つ声も熱を帯びてきた。

譲らない。お互いに目つきや言葉遣いが悪くなる一方で一歩も引く気がない。

「人付き合いが下手くそな冬莉が、ようやくできた友達の誘いでステージ発表に参加しようとしてるんだ。よくわからない理屈で水差すような真似《まね》されるのは僕もムカつく」

「へえ、白濱先輩が怒ってるところを初めて見ました。それほど冬莉さんのことを大切に思ってるんですねー」

「お前とは比べものにならないほど性格も良いし可愛《かわい》いからな」

「あははー、ワタシのほうが性格は悪いけど顔はこっちのほうが可愛いでしょー」

ひりひりとした緊張感が頬《ほお》を伝う。

僕はそんなに怒りやすいタイプではないが、今回に限って言えば冬莉が邪魔者であるかのように扱われるのが許せなかった。

冬莉のピアノを聴きたい人は大勢いてくれる。それがさっき証明されたのだから、文化祭という学生の大舞台でもっと脚光を浴びてもいいはずだ。

それの何が悪い。邪魔してるのはお前だろうが。

「その様子だと冬莉さんから何も聞かされてないみたいですねー」

「お前は何を知ってる……？」

「貴方《あなた》には関係のない話なのでペラペラと喋る義理はないでーす」

僕の知らない冬莉がいる……？

いや、僕は知ったかぶりをしていただけだったのかもしれない。たった数年ほどしか付き合いのない冬莉のことを理解していた気になっていたとしたら。

「あー、めんどいなぁ。何も知らないならもう黙っていてもらえませんか」

「嫌だね」

「いいから黙っててください」

見詰め合うというよりはメンチ切ってる状況の僕らは感情が昂《たかぶ》り制御できていない。

もしかしたら僕が間違っているのかもしれないけれど、頭に血が上った僕は引き下がる選択肢を見失っていた。

張り詰めた緊張感が頂点に達しようとしていた……そのときだった。

「……私はもう大丈夫だから！」

僕や堀田ではない誰かが、叫んだ。

いつの間にか僕の後方にいた冬莉が……肩を震わせながら堀田に叫びかけた。

怒りというよりは謝罪に近い脆弱《ぜいじやく》な瞳を晒《さら》す冬莉を目の当たりにした僕は思わず息を

呑《の》み、次の言葉が速やかに吐き出せない。

空気が沈む。重苦しくなっていく。

「……繰り返さない！　私はもうピアノを弾ける！　あと一度でもいいから文化祭で弾きたい……お願いだから……」

冬莉の悲痛な声が訴えかけようとするも、堀田は冷たい表情のままで。

「だっる。めんどくさ。ほんとにイライラする。余計なことしないでよ、ほんとにー」

憤りを剝《む》き出しにした堀田は自らの前髪をくしゃっと握り潰す。

「ずっと一人で弾いていればいいって言ってるのに、どうしてこうなるかなー」

でも……この台詞だけは、とても弱く思えて。

様々な感情を吐き出した堀田はこちらに背を向け、教室棟のほうへ戻っていく。

堀田の姿が見えなくなるまで目で追い続ける冬莉はいま、何を思っているのだろう。

堀田はいま、どういう表情をしているのだろう。

「……武藤さんたちと練習していくので、センパイは先に帰っていてください」

冬莉はちょっとした微笑《ほほえ》みを零《こぼ》し、まるで何事もなかったかのように振舞う。

窓から見える空は灰色の雨空に変わっている。渡り廊下の屋根を叩《たた》く雨音が煩《うるさ》いものの、居心地の悪い沈黙を誤魔化すにはちょうど良かった。

第三章　逃げ足だけは速いタヌキちゃん

それから三日後。

冬莉《とうり》は合唱の練習で居残りするらしく、模擬店の準備を進めた僕は先に帰ることに。

【寄り道せずに帰ってくださいね】

【私がいないからって受験勉強をサボらないように】

【遅刻しないように明日も早起きしましょう】

放課後に冬莉から届いていたメッセージ。

僕は手間のかかる子供かな？

この三日間、冬莉は昼休みと放課後に合唱練習をしていたので会話の機会は減り、メッセージでのやり取りが多くなっていた。

帰り際に冬莉のクラスをこっそり覗《のぞ》いたが、ムードメーカーの武藤《むとう》を中心に和気藹々《わきあいあい》と練習していて冬莉もぎこちないながら少しずつ会話に交ざっていた。

疑問形で話題を振ったりウザ絡みしている武藤のおかげで、人見知りの冬莉でも喋《しゃべ》りやすい雰囲気になっている。

うん、僕が近くにいなくても大丈夫そうだな。

なんだろう、この気持ち。

兄に甘えていたブラコン妹が学校に馴染《なじ》んでくれて嬉《うれ》しいけど、兄の元から離れていく寂しさもある……みたいな？　知らんけど。

冬莉に言ったらゴミを見る目で軽蔑されそうなので黙っておこう。

どうでもいいことを考えながら昇降口に行くと――

「こんばんはー」

……シカトで。

人気《ひとけ》のない下駄箱《げたばこ》で靴に履き替え、校舎から出ようとする。

「ちょっとヒドくないですかー？　こう見えて結構忙しい立場なんですけどー」

「放課後デートの約束なんてした覚えがないから怖くなって無視した」

「安心してくださーい。白濱《しらはま》先輩と放課後デートなんて絶対にありえないんでー」

昇降口の壁に寄りかかっていたのは怠《だる》そうに喋る堀田《ほった》だった。

相変わらずのテンション低そう系女子。こいつが僕に話しかけるときは苦言を投げつけられる印象が強いので無視しようと試みたのだが、残念ながら絡まれてしまう。

「白濱先輩に相談があるんですよー。学校では話しづらいので場所変えません？」

「やっぱり放課後デートの誘いじゃないか」

「それじゃあ放課後デートってことでいいでーす。めんどいんでー」

堀田は重い足取りで歩き出し、僕の後方にぴたりと陣取ってくる。

なんだこいつ。何を考えているのかさっぱりわからん。それでも堀田の顔色は普段と少し異なっている。なんというか毒気がなく、僕への敵意もない。

「まだワタシにムカついてるんですかー？　はいはい仲直りしましょー」

僕の手を堀田が勝手に握ってきて握手のような状態になる。

「男子ってこういうのが好きなんですよねー、友情の握手みたいなのー」

「手を繋《つな》いでるみたいな誤解をされるから放してくれよ」

「あー、ドキドキしてるやつだー」

堀田が棒読みでおちょくってくる。

後輩に舐《な》められている僕は呆《あき》れた心境を抱き、軽く手を振って解《ほど》いた。

……調子が狂わされる。

「それで、どこで話す？」

「あー、お腹《なか》も減ってるのでラーメン屋でいいですー」

なんでだよ。不気味すぎる。

＊＊＊＊＊

学校から徒歩十五分くらい。

千葉県道二七〇号線沿いの竹岡《たけおか》らーめんに入った僕らは座敷に案内され、お互いに向かい合うような形で畳に座る。僕はどの店でも構わなかったのだが、千葉のご当地ラーメン屋を選んだのは堀田だった。

意外すぎる。ファミレスとかカフェが好きそうだと勝手に思ってたから。

座敷とテーブル席がある昔ながらの店内。夕方の時間帯でもそれなりに混んでおり、注文をとる店員の声や厨房《ちゆうぼう》の調理音も相まって活気に溢《あふ》れていた。

「僕は普通のラーメンにするけど、堀田は？」

「同じやつでー」

ようやく喋った。

堀田とは世間話をする関係でもなく学校からここまで気まずかったのよ。

ここから話が盛り上がっていく！　……という気配は微塵《みじん》もない。三日前にバチバチ言い合った名残を引きずっているうえ、相手の出方を探っているというのもある。

「実行委員関係のメッセージ返してもいいですかー？」

「好きにしてくれ」

「どもー」

堀田がスマホでメッセージを返し始めた。

僕もスマホで天気予報を眺めながら手持ち無沙汰を紛らわす。

「すみませーん、炒飯《チヤーハン》と餃子《ぎようざ》を追加でー」

近くを通りかかった店員に堀田は追加注文をする。

「そんなに食うのかよ……」

「学校帰りに美味《おい》しいものを食べてストレス発散するタイプなのでー」

「ずいぶんとストレスが溜《た》まっていそうな様子で」

「文化祭の準備が遅れたり報告連絡相談ができてなかったりでストレス、ストレス、ストレス。実行委員長なんて仕事はストレスの溜《た》まり場《ば》なんですわー」

話している間にも堀田のスマホはメッセージの通知音が何度も鳴っている。

実行委員や生徒会、各クラスの責任者などから業務連絡が届いたり個別の相談が寄せられているのだろう。

「あとは白濱先輩とくだらない口論をしたストレスもでかいですねー」

手元に視線を落としスマホを弄《いじ》る堀田は嫌味《いやみ》ったらしく強調してくる。

「僕は悪くないから謝る気はないぞ」

「貴方はちっとも悪くないですよー。ワタシが勝手にキレただけなので気になさらずー」

冬莉のステージ発表への参加を後押しした僕の選択が堀田にとってはかなり気に食わないようだ。口調や態度で嫌でも伝わってくる。

「でも、白濱先輩は特別にイラつかせてくれますねー。ある意味では才能ですよー」

「堀田の特別になれて嬉しいよ。でも僕は好きな人がいるからお前とは付き合えないんだ」

「あははー、そういう小ボケもストレスストレスー」

悪い意味で特別扱いされているらしい。

乾いた笑い声を吹き出す堀田の目の奥は笑っていなかった。怖すぎる。

……会話が途切れた。顔見知り以上友達未満という関係が最も対応に悩む。気軽に挨拶しても会話が続かずに気まずくなるし、かといって無視するのも気が引ける。

こういうときに限って料理がなかなか出てこない。食べながら喋らないのはマナーだから仕方ない、と気まずさを割り切れるのに。

どうでもいいが飲食店で気まずいと無性に水が飲みたくなる。僕のコップの水はほぼ空なのに、ついつい飲んでるふりをしてしまった。

すると堀田が「やれやれー」と呟《つぶや》きながら怠そうに立ち上がり、セルフサービスの水を二つのコップについで持ってくる。二つということは僕のぶんもだ。

「あ、ありがとな」

「よっぽど喉が渇いてたようなので。後輩相手に緊張して話題でも探してたんですかー？」

気まずくて水を飲む癖を見抜かれてたのも恥ずかしいし、後輩に気を遣われる僕って相当情けないのでは。

「僕が緊張するのは年上のお姉さんの前だけだって覚えといて」

「広瀬《ひろせ》先輩でしたっけー？　あの人は恐ろしく美人で良い人で友達も多いんだから白濱先輩には高嶺《たかね》の花《はな》すぎでしょー。身の程知らずすぎてムリムリムリー」

好き勝手に言いすぎだろコラぁ！　……なんて僕が顔真っ赤にするとでも？　落ち着こうな。煽《あお》りに負けるな。年上の余裕を保とうな。

「白濱先輩っていつから冬莉さんと仲良くなったんですかー？」

再びスマホに視線を落とした堀田が話題を振ってくる。

「なんだよ、いきなり」

「気まずそうな顔してたんでー世間話でもしてみようかとー」

ここで唐突に冬莉の話題へ切り替わる。

そもそも堀田が僕を寄り道に誘ってきた口実は相談ごとだったはず……堀田の思惑を未《いま》だに摑《つか》めないものの、ここは話に付き合わないと先に進まない気がした。

「あいつと初めて話したのは僕が中二か中三？　……のときだったかな」

「なんですかーその曖昧な感じー。たかが三、四年前のことじゃないですかー」

「派手な出会いかたじゃなかったからあまり印象に残ってないんだよ」

人間の脳は最新の記憶を色濃く記録し、古い記憶を薄めていくものだ。

年月が経《た》つにつれて思い出の解像度は徐々に下がっていくけれど、記憶の中に微《かす》かな映像は残っている。

「……僕が昼休みの体育館でバスケの自主練をしていたら、隅っこにあるピアノの前に下級生が座ってた。そこにボールが転がっていって……初めて会話を交わしたのはなんとなく覚えてる」

断片的な記憶の欠片《かけら》を繋ぎ合わせ、やや時間をかけながら脳内で再生していった。

この通り、冬莉との出会いを忘れてはいなかったので安心する。

「そこからどうやって今みたいに仲良くなったんですかー？」

「最初はほとんど喋ってなかった気がするんだ。僕はともかく冬莉はめちゃくちゃ人見知りだから会話が続くようになったのは僕が中学を卒業したあと……だったような」

「あー、いつの間にか仲良くなってた的なパターンってよくありますよねー」

「たぶんそのパターンなんだろうけど、細かい状況を思い出せそうで思い出せない自分に腹立ってきた」

思い出せそうで思い出せないとき特有のもどかしさに襲われる。

喉元までせり上がっているのに言葉として表現できないのが息苦しかった。

「お前こそ冬莉とはどういう仲だったんだよ……って」

そんな不快感を嫌い、堀田のほうへ会話を投げ返すも、

「あざすー、あざすー」

「はなし聞けや」

こいつ、自由奔放な性格だ。僕が話している最中にラーメンが二つ運ばれてきたため、堀田が店員に軽くお礼をしながらラーメンを受け取っていた。

竹岡式ラーメンの特徴である黒っぽいスープが艶《あで》やかに光り、醬油《しょうゆ》の濃い香りが食欲をそそる。二枚のチャーシュー、メンマ、海苔《のり》、刻み玉ねぎといった具材がスープに浸る姿が実に美味《うま》そうでたまらない。

「僕からの質問は無視なのね……」

「さっさと食べないとラーメン伸びますよー、いただきまーす」

気怠《けだる》そうに話を流す堀田がさっさと割り箸を割り、熱い麵《めん》に息を吹きかけてから啜《すす》り始める。こいつ本気で夕飯を食いに来ただけじゃん。

僕もラーメンを食べ始め、食べ慣れた安定の味を嚙《か》み締《し》めつつ……麵とスープを啜る音だけがしばらく続いた。

なんだよ、この時間。僕はいま脱力系の後輩と変な放課後を過ごしているぞ。

スープまで飲み干した堀田が小さく息を吐き、コップの水も一気に喉へ流し込んでいた。

「うまー、やばー、好きー」

うまー、やばー、好きー、だってさ。

堀田から漏れた食レポが語彙力低めでちょっとおもしろい。

「年上男子とのラーメンデートは楽しいか？」

「くっそつまんないでーす。白濱先輩はしょぼい。ラーメンは美味しいから白濱先輩がしょぼくてもオーケーーって感じでー」

なにがオーケーじゃ！　しょぼいって地味にきつい悪口だわ。

「ワタシと冬莉さんがどういう仲かって聞かれたら『中学時代に同じクラスだった』っていう関係にすぎませんが、はっきりと言えるのは――」

弄ろうとしたスマホを傍らに置いた堀田は一時的に僕に視線を合わせながら、

「冬莉さんはワタシのことがたぶん嫌いだと思いますが、ワタシは冬莉さんを別に嫌ってないということですねー」

それだけを意味深に呟き、炒飯を食べ始める。

……黙々と食べている。しかも早食いだ。炒飯と餃子を交互に黙々と口に運び、瞬く間に皿の表面が露《あら》わになっていった。

嫌がらせで冬莉の邪魔をしようとしているわけじゃない、と言いたいのだろうか。

後輩二人が『中学時代の単なるクラスメイト』だけではない関係なのは察しがつくけど、堀田は僕に何かを期待しているとしたら。

「女の子が食事してる顔をじっと見ないでくださーい、ボケ」

ボケ⁉　冬莉といい堀田といい仮にも先輩の僕を舐め腐るブームがきてるのかしら。

いつも優しくしてくれる春瑠《はる》先輩を見習ってほしいよね。

「餃子、一つ食べていいですよー」

「え？　いきなり優しくなるじゃん」

「餃子を物欲しそうに見ていたのでー可哀《かわい》そうになってきましたー」

突然の優しさを発揮する堀田に不覚にも胸がきゅんとしてしまいそう。

なんだ、イケメンかよ。僕も見習うべきだろ。

「ちがう。餃子じゃなくて堀田を見てた」

「彼氏気取り、きっしょー」

「ちがうちがう。誤解だから。堀田のギャップにやられただけだから」

「ワタシにガチ惚《ほ》れしてますやん。マジ勘弁してくださーい」

「ちがうちがうちがう。僕は年上派だって言ってるから。美人お姉さん好きだから」

ちょっと引いている堀田に必死な弁解しつつ、なんだかんだで口が温まり会話が続くようになってきた。意外すぎる厚意に甘え、餃子を一つもらう。

「はい食べたー。餃子をあげたのでワタシの頼みごとを一つ聞いてもらいまーす」

「逆ナンしてきた後輩とのデートなんて浮かれた勘違いはしてなかったよ。最初から頼みごとをするつもりで飯に誘ってきたんだろ」

「まあそうですねー。少なくとも学校でするような話ではないのでー」

すべての料理を平らげた堀田は歓談タイム終了と言わんばかりに真面目な顔つきへと切り替わり、ピリッと痺《しび》れた緊張感が二人のあいだに流れた。

ラーメンデートは茶番。ここからが本題のようだ。

「単刀直入に言います。ステージ発表の代役を断るよう、白濱先輩のほうから冬莉さんを説得してほしいんです」

まさかの展開。

畳に座ったままではあるものの……堀田が頭を下げた。

先日の光景が脳裏を過《よぎ》る。ステージ発表に冬莉が参加するのを快く思っていない堀田が声を荒らげ、参加を望む冬莉と真正面から対立したやり取りを。

「その頼みを僕が断ったらどうなる？」

「冬莉さんたちの有志グループは企画が不備になったと判断してステージ発表の権利をはく奪、別のグループに譲りまーす」

「その脅し文句はズルいよな。卑怯《ひきょう》。人でなし」

僕が良い顔をしないのは想定内らしい。

堀田は人差し指で耳を塞いだ「聞こえませーん」ポーズで受け流してくる。

「合唱部で伴奏の経験がある武藤さんが伴奏するのを考慮して企画書を通しましたが、代役に深刻な不安がある以上は見過ごせませんよねー。文化祭のステージに立ちたかったのに落選したクラスや部活、有志グループはいくらでもいるんです。はっきり言うと、グダグダになって失敗しそうな人を優遇するメリットがこちらには一切ないんですよねー」

低めのテンションながら、もっともらしいことをペラペラと述べやがる。

客観的に見れば実行委員が特定のグループに肩入れするのは他の生徒の反感を招くかもしれないし、有志グループの中心として企画や練習を引っ張ってきた武藤の伴奏を本番では欠くという未知数なリスクを運営側が嫌うのはわからないでもない。

「僕は冬莉の参加を応援してる立場なんだけど」

「ワタシの言うことに素直に従うような子じゃないもので。あの子は白濱先輩に懐いているので貴方《あなた》から言えば大人しく辞退してくれるんじゃないかとー」

「僕が冬莉を止める理由がない、と言ってるんだ」

「止める理由ならありますよー。冬莉さんがせっかくクラスに馴染《なじ》み始めたところで文化祭の出し物を台無しにしてしまったら腫れ物扱いされるかもしれませんからねー。白濱先輩としてもそんな姿は見たくないと思うんですけどー」

運営側の正論による威嚇のジャブを打たれても、こちらが引き下がる理由としては物足りない。

「冬莉が文化祭を台無しにするかもしれない、みたいな前提がまずおかしい。冬莉が人並み以上にピアノを弾けるのはお前も知ってるだろうし、本番は緊張して演奏がグダグダになるかも〜なんて言い始めたら誰にでも当てはまるよな」

最も引っかかる点はそこだ。

僕と堀田は同じ中学出身というだけで深い付き合いもなく、まともに会話が続いたのは今回が初めてだったけど、個人的な好き嫌いだけで物事を決めるようなやつではないと勝手ながら思っていた。

「やっぱり僕にはわからないよ、堀田の考えていることが」

僕は財布を取り出しながら立ち上がった。

「冬莉のことが目障りで難癖をつけてるならそう言えばいいだろ。あいつが目立つのが嫌で仕方ないから協力してくれ、ってさ」

「…………」

「お互いの気持ちを察せるほど僕と堀田は仲良しじゃない。どちらの味方になるかを問われたら一番可愛《かわい》がってる後輩の冬莉を選ぶに決まってる。何度頼まれても同じ答えを返す」

堀田は気難しそうな顔で押し黙ってしまい、憎まれ口を叩《たた》く様子もない。

これ以上は平行線になり時間の無駄だろう。

「ごめんな。僕は優しいから雑談には付き合ってあげたけど、お前の考えには何一つ共感できる気がしないから帰って受験勉強するわ」

はっきりと交渉不成立を伝え、小上がりの座敷から降りた僕は二人分の会計を済ませる。

そして店を出ようとした、そのときだった。

…………っ⁉

……屋敷の畳を叩くのと同時に立ち上がった音が鼓膜を劈《つんざ》き、コップの水が大きく波打つ。

あれほど騒がしかった店内が一気に静まり返り、僕らのほうへ視線が注がれた。

「……ああ、ほんとに。つくづく芸術レベルでイラつかせてくれますよねー」

ぶつぶつと小声で苛立《いらだ》ちの言葉を吐き出す堀田も小上がりから降り、僕は店の外まで連れ出され――


「舐《な》めんなっ‼　誰が好き好んでこんなお願いすると思ってるんですかっ‼」


至近距離から僕の胸ぐらを摑《つか》んでくる。

叩きつけるような声音に滲《にじ》むのは明確な憤怒。限界まで力が込められた堀田の腕は震え、その小刻みな振動が僕のワイシャツを通じて伝わってきた。

「大嫌いな貴方なんかに頭を下げなきゃいけないほど、ワタシは同じこ、こ、ことが繰、り、返、さ、れ、る、のが嫌なんですよ‼　貴方の事情なんて関係ない‼　こっちは切羽詰まってる‼」

台詞《せりふ》のぶつ切りやタメ口などお構いなし。こんなに感情を剝《む》き出しにする堀田を見た覚えがなく、僕は瞳を見開きながら呆気《あっけ》に取られるしかない。

繰り返さない。先日の冬莉が叫んでいた台詞と被《かぶ》る。

情報が少なすぎる中で共通しているのは、冬莉も堀田も〝繰り返したくない過去〟があるということ。

「……あー、ごめんなさーい。白濱先輩にキレても仕方ないことでしたー。今のはワタシのキャラじゃないので明日になったら忘れてくださーい」

大きな溜《た》め息《いき》を吐《つ》いた堀田は僕の胸ぐらから手を放し、居心地が悪そうに自分の髪の毛をくしゃくしゃと撫《な》でる。冷静さを取り戻したようだ。

「交渉決裂ということでー、お世話になりましたー。ワタシは実行委員の仕事があるので学校に戻りまーす」

堀田の怠そうな瞳の奥には一抹の物悲しさ。

これを見過ごせるほど薄情な人間じゃないし、後輩二人の問題に片足を突っ込んだ中途半端な状態では後味も悪すぎる。

「冬莉の過去に何があったのか教えてくれ。ここからどう動くのか、まずはそこからだ」

「察しが悪いですねー。冬莉さんと最も親しい白濱先輩が何も聞かされてないってことは、冬莉さんは貴方に何も知らないままでいてほしいんじゃないですかー？」

「どうしてだよ……」

「さあ、それは本人にしかわかりませんねー」

ここでようやく気づく。

「だからお前も……頑《かたく》なに理由をはぐらかしてたのか」

「さあ、どうでしょーねー」

冬莉に参加してほしくない本当の理由を素直に話せば、少なくとも僕は前向きに協力したかもしれないのに堀田はあえて遠回りをしていた。

冬莉が隠そうとしているのに自分が勝手に告げ口するわけにはいかない、と。

そう考えると『冬莉を嫌いじゃない』というのは堀田の本音だと思う。

「話してくれ」

「……いいんですか？　部外者じゃいられなくなりますよー？」

「ああ、僕がどうにかする」

「えぇー？　頼りなさそうですー」

「お前ひとりには背負わせない。抱えているものを少しは分け合える」

「あははー、お人好《ひとよ》しですねー」

観念したように微笑《ほほえ》んだ堀田は学校のほう……ではなく、脇道のほうに歩き出す。

「そっちは学校じゃないぞ？」

「実行委員の仕事をサボりたいので、もうちょっとだけ寄り道していきまーす。そこに行くとなぜか舌が滑らかになって余計なことを喋《しゃべ》っちゃいそうなんですけどー、白濱先輩は来なくても大丈夫でーす」

そう言われるが、遠ざかっていく堀田の背中が「付いてこい」と物語ってるんだよな。

＊＊＊＊＊

ラーメン屋から歩いて十分以内の近距離。

周囲を木々に囲まれた小高い場所からは木更津《きさらづ》の町並みが見渡せるものの、あらためてじっくり眺めるほどの目新しさはない。

堀田が寄り道したのは太田山《おおだやま》公園。木更津民には割とメジャーなスポットであり、敷地内にある休憩所は簡易な屋根と木材を丸く切った椅子があるだけ。

「ここにはよく来るのか？」

「最近はほとんど来てませんでしたけど、いろいろ疲れたときに気軽に立ち寄れるサボりスポット的な感じでしたー」

堀田にとってはサボり場みたいな場所だという。きみさらずタワーに上ればもっと良い景色が見えるのに、堀田は休憩所の椅子にちょこんと腰掛けた。

「いまごろ冬莉さんはクラスの人たちと合唱の練習をしているでしょうねー」

柵の向こうに広がる夕暮れの町並みを眺めながら堀田は口を開く。

「一人でサボっていてもヒマなのでー〝独り言〟でもダラダラと話しましょうかー」

告げ口する罪悪感を和らげるためなのか、堀田は『独り言を勝手に聞かれている』体《てい》を強調してきた。ここでの僕は見知らぬ通行人扱いなので、堀田の後ろにある椅子に座って背を向けてみた。お互いが反対方向を向きながら座っている構図だ。

「ワタシと冬莉さんって対極な人間なんですよ」

それはよくわかる、と心の中で頷《うなず》いた。

独り言の体だからリアクションは控えめにして聞き役を演じる。

「学校行事に積極的に参加して交友関係も広かったコミュ力最強のワタシが、唯一『この人と二人きりになったら間が持たないなー』って苦手意識があるくらい協調性がなくて物静かだった同級生が冬莉さん。中学三年で同じクラスになってようやく喋り声を聞いたくらいにはお互いに接点がなかったですねー」

「自分を持ち上げすぎでは？」

「JKの独り言に割って入ってくる冴《さ》えない男は不審者ですかー？」

偶然居合わせて盗み聞きしてる設定なのに思わず反応してしまった。

大勢から慕われるリーダー気質の優等生ギャルと、昼休みを一人ぼっちの体育館で過ごす友人ゼロ&体力ゼロ&愛想ゼロの三拍子揃《そろ》ったソロ学園プレーヤー。

堀田と冬莉は歩んでいる道も見えている景色も、何もかもが異なるのだろう。

狭いクラス内でさえ一度も会話した覚えのない人はいるものだ。お互いが認知して歩み寄る偶然の機会でもない限り、正反対の人間同士はなかなか馴《な》れ合《あ》うタイミングがない。

僕だって冬莉と親しくなったきっかけは――

なんだろう。

そのとき、どんな会話をしたのか思い出そうとすると記憶の映像に白く靄《もや》がかかる。

「卒業するまで一度も話さないんだろうなーと思ってたんですけど、生徒会や実行委員の仕事で体育館に立ち寄ったタイミングでたまーに隅っこのほうにいるのが目に入るんですよねー」

「どうせ一人でピアノの前に座ってたんだろ？」

「そうそう。冬莉さんがピアノの前に座って、一人きりになったらピアノを弾き始め……って話を先読みしないでくださーい。不審者は黙って聞いててくださーい」

「不審者の独り言だ。気にしないでくれ」

叱られる。中学の冬莉と比べて現在の冬莉は成長していないというか、行動パターンが変わっていないのだ。

「ワタシの人生にとって冬莉さんは何も影響しない存在だったのに、いつの間にか彼女の演奏を聴くのが体育館に行く目的に変わっていました。体育館を通りかかるたびに冬莉さんの姿を無意識に探したり、いなかったらちょっとガッカリしてー。それまで一切会話してなかったのにー不思議ですよねー」

わかる。心の中で何度も頷いた。

僕と同じだった。堀田が語ることで靄がかかっていた記憶が鮮明に色づいていき、昼休みの自主練で冬莉に出会ったシーンと重なっていく。

「ＪＫの独り言を盗み聞きしてる不審者も知ってると思いますがー、ワタシたちの中学は文化祭の代わりに合唱コンクールがあるんです。自分のクラスはピアノ経験者が夏休み前に転校してしまったので初心者の子が渋々引き受けたんですが、準備期間が短いせいで練習からもうグダグダ。こうなったら音楽の先生に頼むか、最悪は伴奏のＣＤを流すかっていう冷めた空気でクラスの士気も露骨に下がってましたー」

「それはちょっと冷めるよな」

「でしょー？　ワタシは実行委員長とクラスリーダーを兼任してましたが、もうグダグダの冷え冷えでしたよー」

「冬莉には声をかけなかったのか？」

「んー、なんというか……計算できなかったんですよ。三年になってから不登校気味になっていたようで、本番当日に学校へ来るかどうかも確実じゃなかったですからー」

そう聞くと、リーダーとして懸念を示すのは理解できる。

「冬莉は中学三年になった直後に母親を亡くしていたから……精神的にはかなり不安定だったんだ。不登校気味になってたのもそれが原因だと思う」

「当時のワタシはまったく知りませんでしたけど、そうみたいですねー。あの子はプライベートなことを全然喋ってくれなかったので、だいぶ後に知りましたー」

現在はだいぶ落ち着いたように見えるけれど、母親を亡くしてからしばらくの間の冬莉は……具体的には言い表せないが、危うかった。

放っておいたら消えるんじゃないかと思うくらい脆《もろ》くて、孤独で、儚《はかな》かった。

それが他人を遠ざける要因になっていたし、他人を惹《ひ》きつける魅力にもなっていた。

「やる気のない生徒も増えてクラスの雰囲気も悪くなって、それを見かねた担任がリーダーのワタシを怒ってきたからムシャクシャして……担任相手にキレ散らかしました。何もかもが面倒になったので次の日に学校を初めてサボったんです」

一つ一つの出来事を話す堀田は中学時代の若気の至りを恥じらうように苦笑する。

「仮病を使って親に病院に連れていかれるのもダルいんでー、いちおう制服を着て登校をするふりをしました。学校の人に見つからなそうな公園で時間を潰そうとしたら……この場所にあの子がいたんですよー」

冬莉の顔が思い浮かぶ。堀田の脳裏にも当時の映像が蘇《よみがえ》っているに違いない。

「ここにいる理由を冬莉さんに問いかけたら『……戸田《とだ》さんと同じような心境だと思います。学校に行く意味が見出《みいだ》せないからサボっています』って平然と言われました。普通に会話できたことにまず驚きでしたねー」

「冬莉の声真似《まね》が全然似てなくて笑う」

「黙ってろー、おねショタ性癖の変質者めー」

「春瑠先輩と僕は一歳しか変わらないんだよなぁ。出会いが中学生と小学生で身長差が結構あったってだけなんだよなぁ。春瑠先輩が大人っぽすぎただけなんだよなぁ」

「キモー。どうでもいいでーす」

茶々を入れたらタメ口で叱られたものの、多方面からたまにイジられるおねショタ疑惑は断固として抗議する変質者。

「どうして冬莉さんがこの場所にいたのかは知らないしどうでもいいんですけどー、当時のワタシはすっごく嬉《うれ》しかったんですよねー。こっちの名前は間違われてるしワタシまでちゃっかり同類扱いしてるし、堂々とサボり宣言するしで……他人の顔色を窺《うかが》って空気に流されるばかりのテンプレ中学生とは一味も二味も違うというかー、そういう唯一無二の個性にワタシも惹かれたんだろうなー」

嬉しそうに声音を弾ませる堀田は珍しく、それほど当時は浮かれた心境だったのだろう。

自分にはないものを持っている他者に惹かれる。

僕が兄さんに憧れたように、堀田もまた冬莉に——

「それからの数日間、ワタシはこの場所に来ていました。学校の愚痴を冬莉さんにひたすらぶちまけて、冬莉さんは野良猫《のらねこ》と遊びながら黙々と聞いてるだけ。友達とは到底呼べない関係だったけど、手を伸ばせば指先くらいは届くような距離感。学校特有のダルい人間関係に疲れていたワタシにとってこの絶妙な関係は心地よかったんです」

僕の中に芽生える親近感。堀田は僕の分身か何かなのだろうか。

細かい状況や心境はもちろん異なるけど、かつての僕が体育館の隅っこで冬莉に抱いた感情と似ている。

「最初のうちは顔を合わせても挨拶すら返してくれなかったのにー、そのうち『おはよう』とか『また明日』と向こうから言ってくれるようになって……ちょっとずつだけど、ワタシたちは友達みたいなやり取りをするようになっていったんです」

このときの冬莉がどう思っていたのかなんて僕や堀田に知る由もない。

「もしかしたら……冬莉にぽっかりと空いた穴を堀田が埋めてたんじゃないかな」

「……それはないですねー。その役目はワタシじゃないです」

堀田はそう断言しながら首を横に振った。

「そうこうしているうちに合唱コンクールまで残り一週間になっていたので、冬莉さんにダメ元で頼んでみました。転校した人の代役で伴奏をやってほしい、って」

すべてが繋《つな》がっていく。シチュエーションが綺麗《きれい》に重なっていく。

「それはワタシの偽善だったんです。不器用な冬莉さんがクラスに馴染《なじ》めるように、なんて心のどこかで思ってたのも余計なお節介で……あの子が望んでいたわけじゃないのに」

その偽善は誰かと似ている。堀田が大嫌いだと言っていた、誰かと。

「あの子は迷っていましたが、翌日に返事をくれました。ありがたいことに引き受けてくれたんです」

やはりそうだ。一連の流れが最近の出来事と酷似している。

「あの年の課題曲は夏の日の贈りもの、クラスの自由曲が Let's Search For Tomorrow。冬莉さんだったら楽々弾けるくらいの難易度だと思ってました。練習では問題なく弾けていましたし、その刺激を受けたクラスの雰囲気もまた盛り上がってきて……ワタシは合唱コンクールの成功を疑いませんでした──」

言い回しでもう予想できる。

やめてくれ。言わないでくれ。これ以上は聞きたくない。

自分から聞きたがったくせに、いまこの瞬間の僕は──本能的に拒絶したくなった。

「大勢の生徒や関係者が見守る会場で、ピアノの前に座った冬莉さんが音を鳴らすことはありませんでした。瞳から光を失ったように俯《うつむ》いて、身動き一つしなかったんです」

だめだ。苦しい。その光景を想像するだけで、冬莉の気持ちを汲《く》み取《と》ろうとするだけで、胸が激しく締めつけられる。

「それで終われば、まだマシでした」

まだ続きがある。

僕はもう……これ以上は易々《やすやす》と受け入れられる気がしないのに。

「周辺がザワつき始めた中、ゆっくりと立ち上がって歩き出した冬莉さんは——」

ここでも重なる。

春瑠先輩と、冬莉の姿が。

「——ステージ上から倒れるように身を投げたんです」

言葉にならない。干上がっていた喉が発声を拒む。

「会場のステージはそんなに高くなかったので命に別状はなかったんですが、冬莉さんは病院に搬送されてそのまま入院。合唱コンクールはその場で中止になりました」

台無しにした。堀田がそう言っていた意味が、ようやくわかった。

武藤の包帯姿がどことなく過去の冬莉とダブって見えたのは……一時期の冬莉も腕に包帯を巻いていたからだったのか。

たった二年前の出来事なのに、うろ覚えになっていたのはどうしてだろう。怪我《けが》をした理由は誤魔化《ごまか》されても、親しい人が重傷を負っていた面影は記憶に強く残りやすいのに。

「合唱コンクールの中止なんて正直言えばどうでもよかったし、怒ってる人もほとんどいませんでしたが……退院した冬莉さんは何も語ろうとはしなかった。ピアノを弾けなかった理由も、ステージ上から身を投げるように落ちた理由も」

じっくりと思い出しながら話す堀田の声が重く沈んでいく。

僕が抱いている心境と同じだとしたら、堀田自身も相当苦しいのだと思う。

「そうなると学校で何が起きるかわかりますか？」

「いや……」

「冬莉さんは校内でちょっとした有名人になったんです。もちろん、悪い意味で」

ほぼ全校生徒が集まっていた会場で起きた事故……話題の種になるには十分すぎる。

しかも当事者が理由を一切語らないのであれば仲間内で身勝手な憶測やデマが飛び交っても不思議じゃない。

「自殺未遂、だと思われても仕方のない状況でした」

ステージから足を踏み外しただけの事故なのか、自ら落下しに行ったのか。

この二つは明確に異なり、会場で目撃した人なら転落直前の雰囲気で一目瞭然だろう。

「するわけないだろ！　冬莉が自分の意思で自殺を図るなんてありえない！」

思わず声を荒らげてしまい、人気《ひとけ》の少ない公園に響き渡った。

「そう、ステージの高さから落ちたところで簡単には死なないと思います。当日の冬莉さんには何らかの精神的な不調があった、あるいは持病で意識が混濁していた……冷静に考えれば自殺未遂なんて噂《うわさ》はバカバカしいにも程がありますが、憶測だけのネット記事やSNSで拡散された情報をすぐ鵜呑《うの》みにする人間が大勢いるように、冬莉さんをよく知らない大多数にとっては〝噂こそが事実〟のようになるんです」

「なんだよそれ……」

「いじめを受けていたとか、彼氏に浮気されたメンヘラとか……根も葉もない尾ひれまでついて……冬莉さんは腫れ物のような眼差《まなざ》しを向けられるようになった。せっかく馴染みかけていたクラスでも避けられるようになっていきました」

この煮《に》え滾《たぎ》る憤りは冬莉を蔑んだ連中に向けてのものじゃない。一足先に中学を卒業して高校生活を満喫し、冬莉の異変にも気づかなかった自分の無力さに対して、だ。

不甲斐《ふがい》なさに苛《さいな》まれていた僕に対し、堀田は微《かす》かに笑う。

「それでも、冬莉さんはちゃんと登校して中学を卒業していきました」

「それは、あいつが強いから……」

「いえ、あの子は弱いです。それでも平静を保っていられたのは――」

僕のほうへ身体《からだ》を向けた堀田は、

「……たぶん、白濱先輩がそばに居続けたからだと思います」

脆弱《ぜいじゃく》な微笑《ほほえ》みを晒《さら》し、沈みかけた夕陽《ゆうひ》に映える。

その瞳から険しさは消え失《う》せ、どことなく穏やかさが宿っていた。

「僕はあいつと自主練したり、飯を一緒に食べたり……普通に過ごしていただけだぞ」

「あの子にとっては、白濱先輩の〝普通〟に救われたんじゃないかなーと。普通じゃない状況に陥った中でも貴方《あなた》は普通に接してくれた。それが壊れるのが怖かったから白濱先輩にだけは過去の出来事を言わなかった……と、ワタシは思います」

冬莉が中三のとき、僕は高一。当然ながら校舎は異なっていたものの、鳥居崎《とりいざき》海浜公園バスケコートでの朝練や部活後の自主練に付き合ってくれていた。

辛《つら》い顔一つ見せず、弱音すら吐かず、僕を静かに見守ってくれていたんだ。

「冬莉さんはこの場所に来なくなった。そして、貴方のもとへ行くようになった。友達でも何でもなかったワタシじゃなくて……貴方が冬莉さんを救ったんです」

堀田が立ち上がり、スカートについた汚れを払う。

「あのときのワタシはあの子を信じてあげられなかった。学校中を敵に回してでも冬莉さんを守ってあげる勇気がなくて、どうしていいのかわからなくて距離を置いた。手を伸ばしても指先が届かなくなった。本当の友達には……なれなかった」

罪を白状するように吐き出す堀田の姿は、まるで自傷行為だった。

自らを攻撃する堀田の声音は……僕の心にも鈍痛を生じさせた。

「憎まれキャラを演じながら遠回しに冬莉を守ろうとしてさ……お前もずいぶんと素直じゃないよな」

「憎まれキャラじゃなくてあれが素の堀田マキナでーす。いまのワタシはニセモノー」

「いまのお前のほうが親しみやすくて可愛《かわい》いのに」

「きもー、ワタシが可愛いからって口説かないでくださーい」

堀田は悪いやつじゃない。むしろ冬莉のために動いていた優しい人間だからこそ、僕の判断にも迷いが生じてくる。

冬莉の背景や堀田の思惑がわかっても根本的な不安は解消されていないのだ。

文化祭での合唱、伴奏者の代役、大勢の観客……二年前のシチュエーションと似ている今回の状況では堀田が強い危機感を示すのも無理はなかった。

また同じことが繰り返されるかもしれない、と。

「今まで不気味なほど大人しかったくせに、今年に限ってはなぜか文化祭で演奏したがってるから面倒なんですよー」

「僕も不思議に思ってた。どうしてだろうな」

「一番仲良しの貴方が知らないのにワタシが知るわけないでしょー。ちょっと友達が増え始めたんだから静かに遊んどけってのー」

堀田は苛立《いらだ》ちを隠せず、頭を抱えながら嘆いている。

冬莉に聞いたら教えて……くれるわけないか。

ただでさえ表情を隠すのが得意で本音を誤魔化すのが上手《うま》い後輩だから。

「あんな冬莉さんはもう見たくない。そのためには本人に嫌われようが恨まれようが気になりません」

「だからお前は……冬莉たちの有志グループを強制的に辞退させる気なのか」

冬莉が強情で身を引かない以上、堀田もあらゆる手段を検討してくると思ったが……

「一週間後にステージ発表のリハーサルがあるんですけどー」

「えっ？」

「リハは出演者と運営だけでやるので観客は本来いないんですが、今回はあえて文化祭関係者を何人か集めてきまーす。そこで問題なく演奏できたら本番の出演を認めましょー」

堀田の提案は意外なものだった。

「……もし、できなかったら？」

「あのグループは企画の変更、または辞退を決定しまーす」

堀田なりに考え抜いた最大限の譲歩だ。どっちみちリハーサルで演奏を躊躇《ためら》ったり挙動がおかしくなるようなら本番に耐えられないのは目に見えている。

「やっぱり白濱先輩は嫌い。大嫌いです。貴方を見ていると……過去の自分を見ているみたいで目を背けたくなる。愚かな自分を思い出してしまうから目障り。大嫌ーい」

散々な言われようだった。

「本当に、大嫌いなんです」

堀田の瞳には薄《うっす》らと涙が光り、強気の仮面が剝《は》がれ落《お》ちようとしている。それを僕に悟らせまいと必死に堪《こら》えている。

とても強情そうに見えるけど、叩けば砕けるほど脆《もろ》い。そんな表情だった。

「冬莉のことを不器用って言ってるけどな、お前のほうがよっぽど面倒で不器用だよ」

僕がそう言うと、堀田は耳が痛いとばかりに目を背ける。

「あー、こんなのワタシのキャラじゃないですわー。明日からはまた怠《だる》そうな後輩に戻るのであまり話しかけないでくださいねー」

「寂しいこと言うなよ。明日からもお喋《しゃべ》りしてくれ」

「仲良しだと勘違いされたくないんでーす」

茜色《あかねいろ》だった空が紫色に侵食され、周囲が薄暗くなってきた。

サボりはおしまいと言わんばかりに怠そうな口調に戻った堀田はさっさと歩き出し、そのまま立ち去ろうとする。

「堀田！」

その去り行く背中を、僕は呼び止めた。

「ありがとな！」

「はあ、なんのお礼なんだかー」

溜《た》め息《いき》混じりでそう呟《つぶや》いた堀田は振り返ることなく再び歩き出し、学校方面の道に消えていった。

ラーメンご馳走様《ちそうさま》でしたー、と律儀に言い残して。

「……で、専門家としてはどう思う？」

堀田が去っても僕は留《とど》まり、独り言を続ける。

一人になった……わけではない。堀田と話している途中あたりから現れて僕のとなりの椅子にしれっと座ったセーラー服の少女に話しかけたのだ。

「なんの専門家ですかぁ？」

「お前、不可思議な現象の専門家じゃん」

「あははー、専門家というより元凶みたいなものなんですけどねぇ♪」

「あははー、笑えねぇ」

タイミング良く現れたのは海果《うみか》だった。

不可思議な現象を起こす『七つの季節』とやらの元凶を自称するものの、春瑠先輩のときも助言をくれたおかげでどうにか状況を好転させられた。

根本的な原因でありつつ、頼れる味方。それが海果の暫定的な立ち位置だった。

「二年前に冬莉が起こした行動、春瑠先輩が陥った現象に似てないか？」

「そうですねぇ。わたしもすべて把握しているわけではありませんが、春瑠お姉さんと同じように陽炎《かげろう》の夏に魅了されたのではないかとぉ」

僕の推測は正しかった。突然亡くなってしまった大切な人の幻影が現れ、その手を取ってしまうと自分も死に導かれてしまう陽炎の夏。

二年前の冬莉も魅了され、幻の手を取りそうになってしまったのだ。

「幻として現れたのは……たぶん母親だろうな」

「突然亡くなった大切な人を忘れられない想《おも》いがトリガーになりますからねぇ。後輩ちゃんの場合は母親だったんでしょう」

僕は冬莉の母親に一度しか会ったことはなかったが、冬莉を溺愛していたのをなんとなく覚えている。それこそ母親の真似《まね》をしてピアノを弾き始め、母親が得意だった曲を現在も弾いているくらいには、冬莉自身も母親のことを大切に想っているはずだ。

「いま思えばあいつ……陽炎の夏を知っていそうな言いかたしてたぁ～～」

春瑠先輩が現象に陥っていたとき、冬莉は現象について多少なりとも知っている素振りがあったのを今さら思い出す。

自らも思い当たる節があったからこその言動だったのか。

「あれ？　わたしに恨み言や怒りはぶつけないんですかぁ？」

「お前だって好きで迷惑かけてるわけじゃないだろうし、怒りをぶつけても解決しないのはもうわかってる。だったら一緒に解決法を探したほうが効率的だ」

「少年だと思っていたのに立派な大人になって……お姉さんは感動しちゃってます！」

うざっ！　中学生の見た目をした海果に頭を撫《な》でられる。

絵面的に若干の背徳感を覚えるが、他人から見れば僕が本気の独り言を話しているようにしか見えていないだろう。海果の姿は堀田にも見えてなかったしな。

「そんな少年に朗報です！　ショートボブ後輩ちゃんの陽炎の夏はとっくに解決してるんですよぉ♪」

「えっ、そうなの？」

「後輩ちゃんが転落事故を起こしたのはその一回だけですよねぇ。それ以降で現象に関連するような言動はありましたかぁ？」

「……僕が知る限りでは、ほとんどないな」

年を重ねるにつれて曖昧になった記憶も多々あるけど、思い当たるような行動はまったくないと断言できる。

「大好きだった母親以上に大切な存在を見つけちゃったのかもしれませんねぇ」

「そんなのがすぐに現れたのか？　あいつ、めちゃくちゃ知り合い少ないぞ？」

「かぁ〜〜っ！　この鈍感バカやろっ！　ひゃ〜〜っ！　青春は甘酸っぺぇ〜〜っ！」

なに一人で盛り上がってんだ、このガキ。僕にも教えろや。

「まあ鈍感少年くんはさておき、陽炎の夏については心配いりません！　ワタシが見てきた限りでは同じ現象に二度かかることはないのでぇ！」

「マジで？　言ったな？」

「幸運のイルカちゃんに二言はなし♪　一度消えた現象には二度とかかりません！」

さすが元凶にして専門家。

海果はお調子者だが大事な話でウソはつかないと思うので、胸を撫でおろす。

「よかった。それじゃあ堀田の心配は杞憂《きゆう》に終わりそうだな」

「それはそうですが、つらい過去をすぐに吹っ切れる人間ばかりじゃないですよぉ？」

「……と、言いますと？」

「一度受けた心の傷はふとした瞬間に蘇《よみがえ》って、なかなか癒えないということですなぁ」

ふむふむと頷《うなず》く海果。

まったく心配してないと言えばウソになる。しかし、現段階でわかっているのは冬莉が参加に前向きで陽炎の夏が起きる可能性は限りなくゼロだということ。

成功するかどうかは冬莉たちのグループ次第になり、僕が関与する必要はないのだ。

「ここからはイルカちゃんの余計なお節介ですが、後輩ちゃんはまだ隠しごとをしているので早く気づいてあげてほしいですねぇ」

「冬莉の過去ならさっき堀田に聞いたぞ」

「わたしからはちょっと言えないんです！　少年が抱いている違和感、がヒントですね！　自力で考えましょ〜〜っ！」

どいつもこいつも回りくどい。それぞれの考えを胸の内に秘めており、正解をすぐに教えようとはしてくれない。それを伝えてしまったら、今までの関係が壊れてしまうかもしれないから。あえて言わない。わざと伝えない。そんな選択肢もあるのはわかっている。

僕も含めた思春期の人間というのは面倒な思考回路で生きてるな、と思った。

「少年に任せればだいじょーぶだなぁ♪　頼りにしてるぞぉ！」

声を弾ませた海果に肩をぽんっと叩かれ、エールをもらう。

……なんだ、この感覚は。一瞬、脳裏を過《よぎ》った映像。

以前どこかでも同じような体験をしたような。海果がとなりにいて、それで——僕の目線よりも海果の目線のほうが高くて。

「海果……あれ？」

意識が散漫になっているあいだに海果はいなくなってしまった。

自由に現れたかと思えば忽然《こつぜん》と消えたり……つくづく謎が多い中学生だと思った。

逃げ足だけは速い幸運のタヌキめ。

今度捕まえたら山に帰してやろう。

第四章 ほんとに許せないんだよ

「……夏梅《なつめ》……今朝も小さいＪＫが来たんじゃあ……！」

母親の興奮した声で起こされるの、なかなかきついな。

インターホンが鳴ると同時に母さんが玄関に行って僕の部屋に雪崩《なだ》れ込《こ》んでくるのも恒例イベントになってきた。今朝も冬莉《とうり》が立ち寄ってくれたのだ。

冬莉にはリビングで待っていてもらい、僕は身支度を済ませていく。

「……ふーん……冬莉ちゃんっていうんだ……かわいいね……」

「……は、はあ、どうも」

「……夏梅なんかのどこがいいの……？　あの子……未《いま》だにわたしとお風呂に入るようなマザコンだよ……わたしなら……キミを悲しませないけどな……あいたぁ！」

「くっだらないウソを吹き込むなよ」

「……ううっ……家庭内暴力……冬莉ちゃあん……暴力息子を叱って……」

冬莉のとなりに座りながらホスト気取りで絡んでいた母親にチョップの制裁を加えた。

困り顔の冬莉を拝めたのはラッキーだけど、白濱《しらはま》家の恥部を晒《さら》してしまったぜ。

「……センパイは優しいお母さんがいて……ちょっと羨ましいですね」

「母親というよりは手間のかかる大きな子供だよ。僕がお世話してるくらいだ」

「……それでも、いてくれるだけで楽しいと思います」

二人で玄関から出た瞬間、冬莉はそう語り掛けてくる。

「……大好きな人とずっと一緒にいられるかなんて、誰にもわからないですから」

そして、穏やかな顔の冬莉が呟《つぶや》いた台詞《せりふ》が印象的だった。

わざわざ冬莉が起こしに来てくれるのも最近は当たり前になってきたが、冬莉の思惑が未だに読めないまま今日に至っている。


「そういえば今日はリハーサルだったよな。準備はできてる？」

肩を並べながら通学路を歩く冬莉へ話題を振ってみた。

堀田《ほった》とのラーメンデートは一週間前……つまり今日の放課後にステージ発表のリハーサルが行われる予定であり、冬莉のグループにも事前に連絡されているはずだ。

「……問題ありません。指揮者の武藤《むとう》さんとリズムが合わないので武藤さんだけが不安要素ですね。あと武藤さんは練習中に私語が多いのでうるさいです。あと武藤さんが〜」

苦言が止まらなくて笑いそう。武藤、めちゃくちゃ言われてる。

それだけ距離が近くなったとプラスに思っておこう。

リハーサルの演奏によって本番への参加が判断される。

この一週間、僕は冬莉のグループが練習している風景を覗《のぞ》き見《み》してきたが、素人目から見ても仕上がりは順調そうだった。伴奏者が急遽《きゅうきょ》変更になったとはいえ、夏休み前から混声四部で練習していた成果が着実に表れている。

「……いちいち練習を覗きに来ないでください」

「えっ、バレてた？」

「……武藤さんにも茶化されるし、かなり恥ずかしいですから！」

「冬莉のことが心配でなりません」

「……センパイは過保護です。私はもう高校生なんです。小学生じゃないです」

ほんのり頬《ほお》を染めた冬莉にぶつぶつと叱られてしまう。

冬莉がちゃんと馴染《なじ》めているかどうかを心配した僕が不安そうに見学しているのが恥ずかしかったらしい。シスコンの兄みたいで恥ずかしいよな。猛省します。

「いつも通りの冬莉……だよな？」

「……変なことを言いますね。いつも通りの私です」

不思議な顔をされる。

冬莉の様子に特段の変化は感じられない。

「……リハーサルは見に来てもいいですよ？」

めちゃくちゃ小声だったが、僅かに聞こえた。

「見に行っていいの？」

「……そう言ってるじゃないですか」

「今日は居残りの補習があるかもしれないんだよなぁ」

「……えっ、そうなんですか。来れないんですか。そうですか……」

落胆したように俯《うつむ》いた冬莉が可愛《かわい》いから、ついつい意地悪を言ってしまった。

「なーんてな。僕は冬莉の演奏が大好きだから見に行くに決まってる」

お詫《わ》びに頭のてっぺんを軽く撫《な》でてやる。

「……こ、来なくていいですし！　頭を撫でなくていいですし！　子供扱いされるのムカつきますし！」

ぎゃーぎゃーと怒る冬莉を笑って受け流しつつ、僕らは通学路をゆるりと進む。

あと何回、冬莉と一緒にこうやって登校できるのだろう。

いつもと変わらない学生生活の一部が僕にとっては物凄《ものすご》く貴重であり、かなりの贅沢《ぜいたく》に思え、日々の景色が美しく輝いて見えた。

この先の困難なんてあるわけがない。

三日後に迫る高校最後の文化祭が待ち遠しかった。

＊＊＊＊＊

放課後。いつもは部活の活気が溢《あふ》れる第二体育館なのに、今日はぴりぴりとした特別な緊張感が漂う。

リハーサルということで部活は一時的に他の場所へ移動中。運営の生徒たちが慌ただしく準備作業を進めており、ときおりマイクチェックの音声も入っていた。

冬莉のグループは出番が後半なので練習しているのか、体育館にはまだ姿を現していない。練習をいちいち覗きに来るな、と釘《くぎ》を刺されたばかりだから体育館の壁に寄りかかってひっそりと待機しておく。

「マイクの音量、もう少し下げてもらえるー？」

気怠《けだる》い地声が聞こえる。ステージ前に立つ堀田が運営に指示を飛ばしていた。

「委員長、お疲れさまです！　自分、おやつ休憩いいっすか？」

「おやつ休憩とかふざけないでくださー……って、あぁー、見たくない顔が──」

悪戯《いたずら》心が働いたため堀田の背後に忍び寄り、実行委員を装って声をかけてみたのだが、あからさまに嫌な顔をされる。大嫌いだと公言されてるからね。

「関係者以外は立ち入り禁止なんですけどー」

「高梨《たかなし》冬莉の保護者なので見逃してくれ」

「はあ……邪魔だと感じたら叩《たた》き出《だ》しますからー」

ストレスがこもった重い溜《た》め息《いき》を吐《つ》かれたが、いちおうは見逃してくれるらしい。

「冬莉のグループはちゃんと練習してるよ。文化祭のステージ発表としては申し分ないくらいの合唱になると思う」

「それは別に心配していませんがー」

「堀田がずっと浮かない顔してるから、なんとなく」

堀田の表情は強張《こわば》り、曇っている。

リハーサル間近の緊張かとも思ったが、どうもそれとは違うように感じた。

「ワタシの判断は本当に正しかったのかなー、と。私情に流されないふりをしながらリハーサルの参加を認めたのは……単なる偽善なのかもしれません」

「冬莉はきっと大丈夫だよ。二年前と同じことはもう起きないはずだ」

「どうしてわかるんですー？」

「なんとなく」

「白濱先輩に聞いたワタシがバカでしたー」

冬莉に訪れていた陽炎《かげろう》の夏はもう過ぎ去っている。そんなファンタジー現象を解説したとしても堀田がすんなりと信じるわけがないので余計なことは言わないでおこう。

堀田と雑談しているうちに準備が整い、リハが開始された。

本番と同じような流れで進行側の生徒が司会をし、出し物を披露する側の生徒がステージ袖から登場して演目を始める。

ブラスバンド、ロックバンド、演劇、ダンス、漫才……各自が決められた時間内ながらもステージ発表の定番ネタを全力で見せつけてくる。青春を楽しもうとする本気さが波となり、僕らみたいな見る者に向けて次々と押し寄せてくるのだ。

だから感化されていく。技術の上手《うま》い下手は関係なく、見ず知らずの生徒が全力で楽しんでいる姿を羨ましいとさえ思う。

観客はいないため歓声や拍手はない。運営側の不手際があれば堀田からの指示がマイクを通じて響いたりはする。体育館に設置されたアンプを通じ、楽器の演奏やＢＧＭ、効果音などの様々な爆音がしばらく轟《とどろ》いていた。

新鮮だな、こういう空気は。

バスケ部時代は学校行事へ関わることに消極的な人間だったので、この感動のような気持ちは未知の体験に近い。

部活や勉強だけじゃなくこういう青春の形もあったんだ。

今さらながら青春の奥深さを実感し、一人で感慨に浸っていた。

「うお～～～っ！　楽しいなぁ～～っ♪」

見て見ぬふりをしてたけど、どうしてあいつがいるんですかねぇ……。

「わははは～っ！　おもしろーいっ♪」

しょーもない一発ギャグで大笑いしてる……。

この場では僕以外には見えないのを良いことに、ちゃっかり観客として紛れ込んでいた海果《うみか》がはしゃいでいた。他の生徒が多い中で海果に話しかけるのは奇妙に思われそうだからスルーしておこう。

テンポ良く進んでいる演目は後半へと差し掛かっていく。

冬莉の出番が近づいていくたび、僕の緊張が高まってきて心拍数が上がる。

きっと大丈夫……自分自身にそう言い聞かせるが、貧乏揺すりが止まらないくらいには落ち着かない。

そうこうしているうちに二十人前後の生徒が体育館へ続々と入場してきた。

まもなく出番を迎える冬莉のグループだ。

声をかける間もなく、冬莉はステージ袖へと消えてしまう。

それからすぐに些細《ささい》な変化を感じ取った。

参加者側ではなく見物人らしき数名の生徒がステージの近くに群がっている。

次は冬莉たちの番。ステージは暗幕が閉められ、雛段《ひなだん》やピアノをセッティングする鈍い音が木霊している中、そいつらの話し声も結構響いている。

異変を察した堀田がそいつらのもとへ駆け寄った。

どうやら堀田が招いた文化祭関係者ではないらしい。

「関係者以外は立ち入り禁止なので出て行ってくださーい」

「えー？　次の合唱だけ見せてよ」

「そうそう、それだけ見たら帰るからさ」

堀田が強い口調で退去を促しても、しぶとく居座ろうとする部外者たち。こういう身勝手な連中は序盤からチラホラといたため、リハは中断することなく進められていた。

ステージ上の大きな物音は消えた。準備が完了したと思われる。

野次馬《やじうま》がいてもリハに支障はないと判断したらしい運営側は進行を続け、暗幕がゆっくりと上がった。

冬莉のグループがステージ袖から順次入場し、雛段を使って横三列に並ぶ。

男子と女子の配置が中心から区切られ、一番前の台には指揮者の武藤が上がった。

最後に入ってきた冬莉はピアノの横に立つ。

『――続きましては二年三組による合唱です。最初の曲は Let's Search For Tomorrow。中学で歌った人も多いであろう定番のメロディに懐かしさを感じながら聴いてください』

進行役の前口上が読まれ、ステージ上の全員が深々とお辞儀をした。

合唱曲は奇《く》しくも二年前の自由曲と同じ Let's Search For Tomorrow。冬莉はそれを知ったうえで引き受けたのだから、もう心配ないはず。そう思いたかった。

そんな希望的観測が僕の中で油断を生じさせたのかもしれない。

「ピアノの子が高梨って人？　中学の合唱コンクールで自殺を図ったってホントなの？」

「マジっぽいよ。ピアノの子と同じ中学のやつから聞いたし」

「相当なメンヘラで彼氏にヤリ捨てられた当てつけだった説が一番しっくりくるよな」

「とりあえず動画でも撮っとくか。決定的瞬間が撮れるかもしれないから」

自覚のない悪意の塊が、すぐそこに漂っていた。

この連中はコソコソと小声で話しているつもりかもしれない。

自分たちだけがおもしろがっていると勘違いしているのかもしれない。

だが、合唱前の静まり返った空間では広範囲に聞こえてしまう。ニタニタと口角を上げながらスマホを向けて録画ボタンを押した音も、だ。

少し離れた位置の僕にすら悪意や嘲笑が届いたのだから、目の前のステージ上でも確実に聞こえているだろう。

武藤が指揮棒を左手で振り、演奏のタイミングを冬莉と合わせようとするも……意味がなかった。

ピアノの音色は、流れなかった。

ピアノの前に腰掛けた冬莉は——鍵盤に指を置いたまま俯き、肩を震わせていた。

動けなかった。冬莉の指先が動かなかった。

冬莉はもう、ピアノを弾ける状態からは程遠くなっていた。

大粒の涙が頬を伝い、鍵盤に落ちては消えていった。

泣き崩れていった。

こんな悲しい涙を流させたのは誰だ。

冷静に考えたらわかることじゃないか。

たかが二年前の出来事が簡単に風化するわけがなく、こうして表舞台に立とうとすれば再び注目をされ、悪意を以《もっ》て掘り返されてしまうことを。

堀田の言う通りだった。

忠告に耳を傾けて参加の辞退をさせていれば冬莉は体育館の隅でピアノを弾くだけの日立たない日々を送り、こんなことにはならなかったのに。

冬莉の意思を尊重するふりをしながら、文化祭で活躍する冬莉が見たいという自分勝手な欲を隠しきれなかった結果がこれだ。

「ここから早く出ていけ、クソ!!　お前らは文化祭を出禁にしてやる!!」

堀田の荒々しい声が響いた。連中と堀田が揉《も》めている。

あいつらのスマホを堀田が取り上げ、荒い口調で退去を求めたことに連中が逆上しているのだ。

騒ぎに気づいた運営も集まってくるが対応に苦慮し、困ったように傍観しているか先生を呼びに行くのが関の山だ。

「納得いかねえ。オレたち、別に悪いことなんてしてねーじゃん？」

この言葉を連中が発した瞬間、僕の自制心が吹き飛んで粉々になった。

堀田に摑《つか》みかかっていた男の肩を後ろから引っ張り、振り向きざまの顔面に右拳を捻《ね》じ込《こ》んだ。

一発の鈍い音。

僕の右手には熱と痛みがじんわりと広がっていく。

この場の誰もが固唾を吞《の》み、不気味な静寂に包まれる。

頰《ほお》を殴られた男はよろめき、瞳を見開きながら啞然《あぜん》としていた。

「お前らに冬莉の何がわかるんだよ」

収まらなかった。

こいつらへの怒りじゃない。

冬莉を悪意から守れなかった自分への憤り。

それをどこに向けていいのかわからなくて、ただただ衝動をぶつけた。

名前も知らない男を感情の赴くままに殴りつけていたのだ。

「誰だてめえ！　いきなり殴ってきてんじゃねえよ！」

名も知らぬ男の反撃。左頰を殴り返され、視界が激しく揺さぶられる。

頰がじんわりと熱を帯び、痛みを伴う痺《しび》れが這《は》いずり回《まわ》る。

まともに殴ったのも初めてだし、まともに殴られたのも初めてだ。

興奮物質でも溢《あふ》れ出《で》ているのか、殴った痛みも殴られた痛みも大したことない。

でも……今の冬莉を見ているだけで胸が抉《えぐ》れるほどの苦痛を感じ、冷静という二文字が簡単に壊れてしまう。

「冬莉はほんとに良い後輩でさ、いつも不愛想だけどたまに見せてくれる笑顔がめっちゃ可愛《かわい》いのをお前は知らないだろ。からかうと怒るけどすぐに許してくれたりして……だらしない僕のことも心配してくれる。僕にはもったいないくらいの素敵なやつだから──」

後ずさりする男に歩み寄り、壁際まで追い込む。

「あいつを傷つけて泣かせるようなやつ、ほんとに許せないんだよ」

脳が沸騰している。理性が保てない。

赤く火照った右の拳をもう一度振りかぶる……も、

「そこまで。これ以上やると退学になっちゃいますよー」

その腕は後ろから静かに止められた。

僕の腕を握っていたのは堀田だった。

体内に充満していた熱が途端に冷めていく。

振り上げた右腕を下ろし、大きく深呼吸すると肩の力がすとんと抜けていった。

ここにいるすべての人間が、僕を見ている。

その空気感が、気持ち悪かった。

「おい、これは何の騒ぎだ⁉」

運営が呼びに行っていた教師がようやく登場し、事態はすぐに鎮静化。リハは再開されたものの、冬莉のグループは合唱できずに順番が飛ばされた。

進路指導室に連れていかれた僕と堀田、そして名も知らぬ男。

些細な口論がエスカレートした喧嘩《けんか》、として処理された。

先に手を出した僕が九十八パーセントくらい悪いので退学も覚悟したが、多数いた目撃者の証言で名も知らぬ男たちの行動も問題視され、多少の情状酌量が認められた。

なにより堀田が教師相手に一歩も引かず、僕を庇《かば》ってくれた。お互いに大した怪我《けが》はなかったのも幸いし、この件は速やかに片付けられて大事にはならなかった。

まあ、まったくの無罪放免になるほど甘くもない。

僕は三日間の自宅謹慎を言い渡され、三日後に控えた文化祭への参加は絶望的になった。

＊＊＊＊＊

スマホのアラームが鳴る。

時刻は朝八時。寝ぼけ眼《まなこ》が一気に覚醒する。

「やばいっ……！　遅刻する！」

ベッドから飛び起きてリビングに駆け込んだが、頬に残る不快な痛みによって昨日の出来事を思い出す。リビングの姿見に映る自分の頬は赤黒く腫れていた。

「……ようやく起きました……停学くん……不良息子……停学キングの目覚め……」

「停学じゃない。自宅謹慎だ。停学よりちょっぴりマシなやつだ」

「……ええ……？　停学のほうが……響きがカッコいいのに……」

ニヤニヤした母親に茶化され、朝からダルーい気分にさせられた。

息子が謹慎くらったのにワクワクしてんじゃねえよ。

つい、いつもの習慣で登校の準備をしそうになったけど、自宅謹慎中の身なので外出は禁止されている。学校の生徒に会うのも当然禁止。反省文も書かなければいけない。

僕がリビングのソファに座ると、母さんは救急箱を持ってきた。

「……マザーのハイドロポンプ……」

「いだだっ！」

なにがマザーのハイドロポンプじゃ！

頬の擦り傷に消毒液をぶっかけてきやがった！

「……晴太郎《せいたろう》もよく喧嘩して帰ってきたから……懐かしい……さすがは兄弟ですな……」

母さんはしみじみと思い返しながら僕の頬に大きめの絆創膏《ばんそうこう》を貼った。

「ちなみに兄さんは停学くらったことあるの？」

「……んー……喧嘩での停学が……四回くらい……？　五回だったかな……？」

うん、あの人はレベルが違うなぁ。

「母さんはそろそろ仕事行ったほうが良くない？」

「マザーも……自宅謹慎中……夏梅とお留守番する……」

「ウソつくな。無断欠勤は解雇になるぞ」

「……自宅謹慎と自宅警備員の親子……お似合いなのでは……？」

「笑えねえから仕事行ってくれ。頼む」

駄々《だだ》をこねる母さんを寝間着から私服に着替えさせ、家から送り出した。

そういえば父親の手首を締め上げたときの兄さんも春瑠《はる》先輩を泣かせたことに激怒していたな。可愛がってる後輩を泣かしてんじゃねえ、みたいな。

「やっぱり兄弟だなぁ」

兄さんの遺影に向けて苦笑いしながら、そんなことを囁《ささや》きかけた。

一人になったところでスマホを見る。

昨日の夜、冬莉にメッセージを送ったものの……未《いま》だに既読すらついていなかった。

「……心配だな」

あれから冬莉のグループはどうなったんだろう。

武藤や堀田に聞いたらわかるかも、と思ったのだが連絡先を知らない。

出歩いているところを他の生徒や学校関係者に見られたら自宅謹慎だけじゃ済まない可能性もある。下手したら退学もあるらしい。

じっとしていると冬莉のことばかり考えてしまう。

テーブルの上に原稿用紙を広げ、反省文を考えてみても……冬莉の顔が瞳に焼きついて離れなかった。そもそも反省してないから書けないよな。

冬莉からの返事を待ちながらスマホを眺めていると……突然の着信！

『——もしもーし、夏梅くん？　ちゃんと勉強してるかなぁ？』

電話をかけてきた相手は冬莉……ではなく、春瑠先輩だった。

電話越しでも可憐《かれん》な声で耳を幸せにしてくれる。

「受験対策として反省文を書いてました」

『——そんなん書かされる受験があるかー』

「春瑠先輩の反省文があったら受験の参考にさせてください」

『——過去問みたいに言わないでよ。こちとら優等生お姉さんだぞ』

ノリが良い春瑠先輩は可愛くツッコんでくれた。

『――夏梅くんが喧嘩をして謹慎になったってバスケ部の後輩から聞いたんだけど、どうやらホントみたいだねぇ』

「兄さんの真似《まね》じゃないですよ。これは僕の喧嘩です。負けられない戦いだったんです」

『――なにカッコいい名言みたいなこと言ってるのかなぁ。反省してないねぇ』

僕がアホすぎて呆《あき》れられている声だ。

『――細かい状況はよく知らないけど、悪口を言われた冬莉ちゃんを守るためだったんでしょ？』

「まあ……よく知らないやつに冬莉が泣かされて腹立ったんで」

『――えらいっ！　よくやった！　気に入ったぁ！　さすがは可愛い後輩くん！　わたしの育てかたがやっぱりよかったんだねぇ♪』

この先輩、めちゃくちゃ褒めちぎってくれる！

褒めて伸ばすタイプなんだよなぁ。春瑠先輩には無限に褒められたいんだよなぁ。

『――それで、冬莉ちゃんはどんな様子なの？　電話もメッセージも応答がなくてさ』

「僕にも返事がないんですよね。メッセージに既読すらつかないし、学校に行ってるのかどうかすら不明です」

『――なるほど……これは結構な重症かもしれないなぁ』

春瑠先輩は冬莉の心配をして電話をかけてきたのだ。

大学での人付き合いや学業とバイトの両立などで春瑠先輩も忙しいだろうに、こうして後輩のことを小まめに気にかけてくれる。

「このまま冬莉から返事が来なかったら、僕はどうすればいいと思いますか？」

『──夏梅くんはどうしたいの？』

「冬莉の家に行く」

『──わたしが言わなくてもわかってるじゃん。それでこそ夏梅くんらしいよ』

「いちおう自宅謹慎中の身だし、いまの冬莉にとってはありがた迷惑になるんじゃないかと迷ってるので……春瑠先輩の後押しをください」

『──さっさと冬莉ちゃんのもとへ行くべし！』

「りょーかいです！　行ってきます！」

春瑠先輩の後押しをもらい、通話が切られた。

さすがは年上の世話焼き美人お姉さん。

ちょっとだけあった些細《ささい》な迷いも見事に吹き飛んでしまったな。

先輩に頼るのは後輩の特権だからこれからも頼らせてください。

「……学校にはバレないようにしないとな」

自分の雰囲気を少しでも偽るために兄さんの部屋から拝借したオーバーサイズの私服に着替え、あまり目立たないように家を出た。

伊達《だて》メガネにメッシュキャップも装備しているため、そう簡単には気づかれない……と思いたい。最大限、兄さんに寄せたファッションなのだから。

地元の町をこそこそ歩く僕は指名手配犯にでもなった気分だった。

徒歩で到着した場所はコーヒー豆専門店。入り口のドアを開けるとカウンターの奥から「いらっしゃいませ」というダンディな声をもらった。

「あれ、キミは……冬莉の彼氏くんかい？」

「彼氏くんじゃなくて仲良しの先輩くんです」

店長こと冬莉の父親が出迎えてくれたので、ついでに間違いを訂正する。

「ごめんね、まだ開店前の準備時間なんだ」

「いえ、今日はコーヒー豆を買いに来たんじゃなくて冬莉に会いに来たんですけど……もう学校に行っちゃいましたか？」

「いや、今日は学校を休みたいらしい。実を言うと昨日、家に帰ってきてから部屋に閉じこもってしまってね……もしかして学校で何かあったのかい？」

店長は何も聞かされてないらしく、不安そうな眼差《まなざ》しで問いかけてくる。

店内のテーブルに案内された僕は陽炎《かげろう》の夏については伏せつつ、昨日あった一連の出来事を説明した。

「そうか……そんなことがあったんだね。最近はクラスの友達の話をしてくれるようになったから、学校にも馴染《なじ》んできたと思っていたのにな……」

カウンターでコーヒーを淹《い》れ始めた店長は思い詰めた表情になっていく。

「冬莉がこうなってしまったのは、俺のせいでもあるんだ」

そして、続けざまにそう切り出される。

「この店は元々、俺の妻……冬莉にとっての母親が開いた店なんだ。俺は会社員として働いてたんだけど家庭より仕事を優先していたから……家にあまりいなかったし、三人で出かけたこともなかった」

幼かった冬莉にとって、母親だけが心の拠《よ》り所《どころ》だった。

「娘にとっては常に一緒にいてくれる母親こそがすべてだった。コーヒーもピアノも……俺の妻が好きだったものなんだよ」

母親が淹れてくれるコーヒーが楽しみだった。

たまに弾いてくれるピアノが大好きだった。

だから冬莉は、いまも――

「冬莉が中学三年のとき、妻は突然倒れて亡くなった。くも膜下出血……冬莉が見つけたときにはもう手遅れだったそうだよ」

「店長は……近くにいなかったんですか？　異変に気づかなかったんですか？」

「気づけなかった。亡くなる直前の朝、妻は体調が悪そうにしていたのに俺は……構わず仕事に出かけていたから」

罪を白状するように店長は声を震わせていく。

「妻は……冬莉の母親は俺が殺したようなものなんだよ。あの子が母親の面影を追い続けていたのは、俺が親の役割を放棄していたせいだ」

この人が会社員をやめて店を継いだのは、冬莉の母親への罪滅ぼし。

そして、ずっと愛してやれなかった冬莉への遅すぎる償い。

「俺は娘のことを何も知らないから……妻の真似をしてコーヒーを淹れるくらいしかできない。妻が好きだったこの店を残していくことしかできないから」

こちらに歩み寄ってきた店長はコーヒーカップを僕の前に差し出す。

淹れたての香り豊かなコーヒーが注がれていた。

「ここって喫茶店だったんですか？」

「コーヒー豆屋だけど娘の友達だからサービスしておこう」

お言葉に甘えてコーヒーカップに口をつける。

ほんのりと温かい。唇に触れた瞬間から苦味と酸味が浸透し、すっきりと爽快な後味が喉を潤していく。

「間違ってたら恥ずかしいんですけど、これ……スノートップでしょうか」

「当たり。よくわかったね」

「冬莉が好きな味なので忘れません。正直言えば、冬莉が淹れたスノートップのほうが美味《おい》しい気がします」

「それは当然さ。冬莉の淹れかたは妻とまったく同じだからね」

ははは、と穏やかに笑う店長は至らない部分を受け入れているようだった。

「コーヒーの淹れかたは妻を参考にして、娘との接しかたはキミを参考にさせてもらおうかな」

「勘弁してください……」

僕は思わず苦笑いするしかない。

「ありがとう。母親を失った悲しみから冬莉が立ち直ったのはキミのおかげだ。キミとの人生を過ごすようになって、あの子はまた不器用な笑顔を見せてくれるようになった」

感謝をされる。買いかぶりすぎだ。

「僕とあいつはどこか似ているので一緒にいると気楽だったんです。僕がバスケをしている姿を見守ってくれて、たまにタオルを貸してくれるような関係性が心地よかった……それだけだったんです」

僕はあいつを助けていない。救ってなどいない。

登下校で話すのが楽しいから。

気分が良いときに弾いてくれるピアノの音が好きだから。

冬莉が近くにいてくれる人生が好きだから――

「一番可愛《かわい》がってる後輩とくだらないことを喋《しゃべ》る。僕にできるのはそれだけです」

＊＊＊＊＊

高梨家の二階に上がらせてもらい、とあるドアの前で立ち止まる。

ドア一枚を隔てた先にあるのは冬莉の部屋。物音はほとんど聞こえないため、僕が動くたびに生じる足音や自らの呼吸音が余計に大きく感じる。

「冬莉？」

ドア越しに呼びかけてみるが応答はなく、ノックしてみても無反応。

スマホで電話をかけてみる。部屋の中から軽快な音楽が流れ、電話を切ったと同時に音楽も止まった。スマホが部屋にあるので冬莉も部屋にいそうな気がする。

「入るぞ」

勝手に入室するのは気が引けるものの……やや緊張しながらドアを開けた。

一瞬、言葉を失う。

昼間なのにカーテンは閉め切られ、部屋全体が暗い。

カーテンの隙間から漏れる太陽光とドアから差し込む自然の光によって家具の配置がぼんやりと認識できる程度だが、先日訪れた際の記憶で脳内補完した。

部屋の隅にあるベッド。そこには人影が薄《うっす》らと浮かび上がっている。

おそらく、体育座りをしている冬莉だろう。

「冬莉、おはよ。よく眠れたか？」

薄暗い空間に少しずつ目が慣れてくる。

膝を抱えた冬莉は挨拶を返さない。僕のほうに視線を合わせることもしない。

虚《うつ》ろな瞳で斜め下を見詰め、ただそこに存在しているだけ。

「僕のファッションどう？　めっちゃオシャレじゃない？」

「…………」

「変装しすぎて僕だと気づいてない可能性もあるな。お前と仲良しの先輩、白濱夏梅だぞ」

キャップと伊達メガネを取ってみる。

僕の発言は本気ではなく、あくまで軽いノリ。冗談の範囲だ。

「お前が元気ないと調子狂うよ……」

ある程度は予想していたとはいえ、こんな状態の冬莉を目の当たりにすると僕のメンタルにも相当くる。タオルと同じ柄のパジャマを冬莉が着ているのが唯一の癒《いや》しだ。

「冬莉の部屋、やっぱり良い匂いするな」

「布団に顔を埋《うず》めてもいい？」

許可を待たずにベッドの布団へ顔を埋めてみる。

「……やめてください」

冬莉の手で頭を押し戻された。

裏技のキモキモ攻撃を繰り出した甲斐《かい》もあり、ようやくちょっぴり反応してくれたのが嬉《うれ》しすぎて自分の顔が綻ぶ。緩んだ口元から安堵《あんど》の吐息も漏れた。

「冬莉が学校をサボるなんて珍しいな」

「……そう言うセンパイだって」

「僕は学校から拒否られてる。自宅謹慎中ってやつ」

「……謹慎してないと……ダメじゃないですか」

「冬莉の部屋は僕の家みたいなものだから」

「…………」

「僕もここに住めば学校にも怒られないでしょ」

「…………」

「シングルベッドだと二人で寝れないからダブルベッドを買おうか」

僕の軽口にもツッコんでくれないのが寂しいけど、かろうじて受け答えができるだけまだマシか。とはいえ、二年前に逆戻りのような状態ではある。

僕は二年前の出来事を最近知ったものの、その直後だと思われる冬莉とこうやって話したのは……なんとなく覚えている。なんとなく、としか言えないのが歯痒《はがゆ》い。

あのときの僕は何を話していたんだろう。

どうすれば冬莉は笑顔になったんだろう。

正解なんて誰も教えてくれない。

冬莉が立ち直れる方法なんて教科書やネットにも書いていない。

だから僕は普段通りに喋りかける。

非日常に陥ったとき、それまでの日常が壊れてしまったとき……憔悴《しょうすい》した心を安心させてくれるのはいつも通りの風景だ。いつもと変わらない僕だ。

「……すみません、私のせいで」

力無く謝罪する冬莉の顔をよく見れば、目元が赤く腫れている。たぶん一晩中泣いていたんだ。痛々しくて目を背けたくなる衝動を抑え、冬莉と向き合う。

絶対に目を背けない。真正面から冬莉を見続ける。

「……センパイの目……腫れてます」

「お前とお揃《そろ》いだな。目元が腫れてる同盟」

「…………」

「触ってみる？　めっちゃ腫れてるから」

俯《うつむ》き気味だった冬莉の手を取り、絆創膏《ばんそうこう》の上から僕の頬《ほお》あたりを触らせてみる。

「あっ！　いてっ！」

「……センパイが触らせたくせに、どうして痛がってるんですか」

まだまだ本調子ではなさそうだけど、ようやくツッコんでくれた。

しかし冬莉の表情が明るくなったわけではなく、声音に元気を取り戻したわけでもない。

冬莉は膝に顔を埋め、泣き腫らしたであろう顔を覆い隠した。

「……もう大丈夫だと……思っていたんです……」

そして、ぽつりと話し始める。

「……大好きだったお母さんが死んでからはピアノを弾く意味を失って……ピアノが弾けなくなって……でも、夏梅センパイの前では弾けるようになったから……勘違いしてたのかもしれません……」

懸命に言葉を紡ごうとする冬莉の声が次第に湿り……脆弱《ぜいじゃく》に震えてくる。

「……二年前の合唱コンクールを台無しにして……大勢の人に迷惑をかけて……怖がられて……避けられて……嫌われて……もう勘違いしないと決めてたのに……うう……うあぁ……ああ……ぐっ……また同じことを繰り返して……みんなに嫌われて……」

繋《つな》いでいた言葉は悲痛な嗚咽《おえつ》に掻《か》き消され、どうすることもできない。

「……どうしてこうなるんでしょう……どうして……うあぁ……ぐすっ……あぁぁっ……ぐっ……ううっ……」

僕は無力だった。堪《こら》えきれずに涙を流し続ける後輩を励ます台詞《せりふ》が喉に痞《つか》えてしまって、ただ見守ることに甘んじる自分が本当に情けなく思えた。

陽炎《かげろう》の夏はとっくに終わっている。だが現象は現れなくてもトラウマは残り続け、ふとした瞬間にフラッシュバックしてしまう。

海果はそれが言いたかったんだ。一度受けた心の傷は生半可な状態で燻《くすぶ》り、いつまでも苦しめる。じわじわと心を蝕《むしば》み、過去に囚《とら》われ続ける。

「二年前から今まで人前で弾くことを避けてきたのなら文化祭も辞退のほうが良かったはずなのに、今回に限ってお前はどうして――」

「……何も知らないセンパイにはわからない!!」

冬莉の叫びが、僕の疑問を一方的に断ち切った。

僕を映す瞳には大粒の涙が揺らめいている。

「センパイに忘れられたくない!! センパイとの思い出が消えてほしくない!! いまの居場所まで失いたくない!! そう思ったから私は悪あがきを……!!」

そこまで言いかけた冬莉は瞳を見開き、それ以降の言葉を喉へ押し込めた。

「……ダメですね……これ以上、あなたといると……気持ちが抑えられなくなる……」

「冬莉……？」

「……すみません、出ていってください」

「僕は……」

「……いいから出ていって!!　……おねがい……ですから……」

取り乱しかけた冬莉が叩《たた》きつけるように発した声。

口を噤《つぐ》んだ僕は踵《きびす》を返し、冬莉を置き去りにして部屋から出た。

夏休み明けから違和感があった冬莉の言動。

陽炎の夏が終わっているのに僕と冬莉の周辺に現れる海果。

冬莉はまだ何か大切なことを隠している。

そんな気が、ずっとしている。

＊＊＊＊＊

冬莉の家を出たころには昼下がりの時間帯になっていた。

謹慎中の身なのであまり歩き回るわけにもいかないが、もう一つの用事が残っている。

平日昼間の閑散とした太田山公園《おおだやま》。東屋《あずまや》がある簡易な休憩所には木の椅子があり、その中の一席に座っていた人物と目が合った。

「うわっ、いた」

「なんですかー、その珍獣を見たようなリアクションはー」

制服姿の堀田マキナがそこにいたのだ。

「自宅謹慎中のくせに出歩いていいんですかー？」

「学校近くはバレそうだけど、このあたりなら木に囲まれてるし大丈夫かなって」

「学校に通報して退学にしてもらいましょー」

「最低な密告者じゃん」

「貴方《あなた》の仲間になった覚えはありませーん。むしろ嫌いでーす」

確かに、と納得した。

「ここに来れば堀田に会えるような気がしてさ」

「第六感みたいなノリやめてくださーい」

「正確に言えば、そろそろサボりそうだなって思った。昨日の一件でストレスも溜《た》まってそうだし、もしかしたらここに逃げてくるかなって」

「うげー、いらんこと言わなきゃよかったですねー」

行動パターンを読まれた堀田がげんなりとしながら猫背になる。

「さっき、冬莉の家に行って様子を見てきたよ。かなり塞ぎ込んでたから……すぐに立ち直れるかどうかはわからない」

「でしょうねー。あの状況になった翌日に元気な顔で登校してくるような能天気キャラなら最初から苦労しませんわー。そんなんアホの武藤さんだけですわー」

二年前の冬莉を間近で見た堀田にとっては想定内だったらしい。

「ワタシ、正しいことを言ってたでしょー？」

「ああ、お前が正しかったよ。僕の軽はずみな偽善があいつを苦しめる結果になった……やんわりと辞退を促すこともできたのにな」

「ほんとですよねー。まあ後悔しても時間は戻らないし、それに……なぜか今回に限ってはあの子も強く望んでいたわけで、こうなるのは避けられなかったかもしれませんねー」

今回よりもさらに酷《ひど》い事態に陥った二年前の一件を経験しているからか、堀田は割と冷静に分析する。

「ごめん。くだらない揉《も》め事を起こして……堀田にも迷惑かけた」

「ほんとですよー。どちらかが大怪我《おおけが》でもしていたら文化祭に影響があった可能性もあったわけでー、自宅謹慎で済んだのは運が良かっただけですからー」

リハでの僕は感情的になりすぎた。一日経《た》ったいまとなっては頭が冷え、自分の行動が正解ではなかったと自覚している。反省はしてないけどね。

「でも、堀田は僕の弁護をしてくれたよな。優しいところもあるじゃん」

「おめでたい人ですねー。なんにせよ大迷惑ですし暴力に訴えかけるのは間違ってますので、そこんところ反省してくださーい」

あくまで堀田は運営側の事務的な返答をしてきたが、

「……まあ、目の前で後輩が泣かされてるのに日和《ひよ》って立ち竦《すく》むチキン野郎じゃなかったのは多少なりとも見直しましたし……白濱先輩が殴ってくれて私もスカッとしました。あの気難しい冬莉さんが懐いている理由もわかった気がしますわー」

不本意そうな小声ながらも、そう付け加えてくれる。

「ワタシに少し褒められたからって嬉しそうな顔しないでくださーい」

褒めてるのか苦言なのか。

素直じゃない言い回しが堀田らしくて笑いそうになってしまう。

「あれから冬莉のグループはどうなった？」

「冬莉さんに聞かなかったんですかー？」

「嫌なことを思い出すかもしれないし、さすがに聞けないって」

堀田の顔が深刻そうなので良い知らせは期待できそうにないが、もっとも聞きたかったことを問いかけてみる。

「ワタシは違うクラスだし白濱先輩の弁護をしていたので知らないですけどー、ちょうど昼休みの時間帯なので使い魔を召喚しましょうかー？」

「使い魔？」

　意味深な発言をした堀田がスマホで電話を掛けた。

　それから十分後くらい。

「どうもーっ！　呼ばれて来ました武藤さんですよ！」

　……やかましい使い魔が来たな。二人は実行委員長と有志グループのリーダーという関係なので連絡先を交換していたらしい。

　冬莉と同じクラスの武藤が昼休みに学校を抜け出してきてくれたのだ。

「高梨さん……今日は学校に来てません！　連絡も一切返ってこないので心配してるんですけど……どうすればいいんでしょう⁉」

　武藤が涙目になっている。

「昨日の一件のあと、高梨さんの噂《うわさ》や昨日の様子に不安を覚えた有志のメンバーが次々と参加を辞退しちゃって。あの様子では本番にピアノを弾けるとは思えないですし……グループの士気もかなり落ちているので参加は難しいかもしれません。とりあえずメンバーへの説得は試みていますが、どうなることか……」

　視線を足元に落とし、落胆の色を隠さない武藤。

「何も知らないわたしが誘ったから……わたしのせいで高梨さんは辛《つら》い目に……」

ステージ発表に関わるきっかけを作った武藤は自らを責め、かなりの罪悪感に苛《さいな》まれているようだった。

「いや、参加を止められなかった僕のせいだよ」

「いえ！　高梨さんのお兄さんは悪くないです！　わたしがしつこく追い回したから！」

「お二人は悪くないですよー。そもそもの原因である二年前の合唱コンクールで余計なことをしたのはワタシですからー」

「ちなみに僕は冬莉の兄じゃないからな」

三人が自らの責任を主張するが、そんなことをしても無意味だ。

それに気づいた僕らは無意味な主張をやめ、全員揃って押し黙る数秒間が流れる。

「ホマキ委員長、わたしたちのグループは合唱が難しくなりました。もしよかったら書類で落ちた他のグループを代わりに参加させてあげてください」

「二日後にはステージ発表の本番なのに夏休み前に書類落ちした人たちへ今さら声をかけても準備するのは難しいでしょー。書類落ちを伝えた時点で教室での出し物や模擬店に切り替えてると思うからねー」

武藤の申し出に堀田は難色を示した。

「武藤さん、他に何か芸はないのー？　ギャグ百連発とかー」

「滑り散らかしても怒らないのであれば練習しておくねっ！」

「会場を凍らせたらブチ切れるー」

「わたしが大怪我するだけの公開処刑じゃん⁉」

「武藤さんのギャグなんて実行委員の審査が通らないからー」

「えっ⁉　それじゃあ提案してこないでよ！」

前もって練習したり準備することで演目のクオリティは上がる。準備期間たったの二日……いや、一日半後の本番では引き受ける生徒も限られてしまう。

「プログラムに穴は開けられないんでー武藤さんたちが無理そうなら吹奏楽部やダンス部あたりに代打を頼んでみる感じになるけどー、文化部は空き教室とか音楽室でもパフォーマンスする予定がぎっしりだからねー。スケジュール的にきついかもー」

文化祭は文化部の祭典みたいなイベント。文化部が忙しいのは仕方ない。

「残りの人数で新しい企画を考えたり練習する時間もないから、わたしたちは辞退で――」

「待った。武藤グループの枠は残しておいてくれないかな」

諦めムードの武藤が辞退しようとしていたところに僕は待ったをかけた。

「僕がどうにかする」

「白濱先輩が感動的なパフォーマンスを披露してくれるんですかねー」

「僕の特技はバスケのみですが、それでもよければ」

「はい、一次選考落ちでー」

ひでえ。唯一の特技が委員長に門前払いされてしまう。

「それは冗談として、やっぱり主役がいないと盛り上がらない。合唱はもう不可能だろうけどさ、僕は冬莉のピアノが聴きたいんだ。過去のトラウマを記憶から消せないのなら、同じような……いや、それ以上の舞台を用意した最高の思い出で上書きしてやればいいんだよ」

「冬莉さんは主役じゃありません。武藤さんの代役でクラスでは脇役です」

「今まではな。明後日《あさって》、あいつを主役にしてみせるから待っとけ」

思い描いたイメージが実現できるかは不透明。

なにより冬莉が学校に来ないと意味がなく、僕一人だけでは絶対に成し得ないことだけど……今の僕には頼もしい味方がいてくれる。

「堀田にも協力してほしいんだけど」

「なんでー？　嫌ですよー」

……断られる。味方じゃなかった。

「ワタシの相談は断っておきながら虫が良すぎるんですよねー」

「ごめんなさい」

「まあー、相談の内容を聞いてから判断してあげましょー」

「お前……結構優しいよな」

「うわー、もう惚《ほ》れかけてますやーん」

「年上のお姉さんになってから出直してくれ」

あからさまに調子に乗った堀田はともかく、実行委員長という強いカードを味方にできれば計画を実行できる可能性はだいぶ高まる。

「武藤にも手伝ってもらえるとありがたい。謹慎中の僕は文化祭でも学校に入れないからさ……学校での冬莉を面倒見てほしいんだ」

「まかせてください！　わたしが実行犯として暗躍しますので！」

「犯罪計画みたいな言いかたは誤解されるからやめような。普通でいいぞ、普通で」

謹慎中の僕は戦力外なので準備はこの二人にまかせよう。

僕にしかできない仕事がある。

家に閉じこもる冬莉を文化祭の舞台まで連れてくるのは、僕にしかできない役目だ。

ぐう〜〜〜〜〜。

腹の虫が鳴いた。

僕じゃないので二人の顔を交互に見ると、堀田が居心地悪そうに頰《ほお》を染めている。

昼下がりの時間帯なので空腹にもなるよな。

「堀田が腹ペコみたいだから作戦会議は昼飯を食べながらにしようか」

「はいー？　ワタシじゃないですけどー？　まー、その提案には賛成ですけどー」

ムキになって否定される。腹ペコくらい素直に認めろや。

「わたしも行きます！　学校サボって遊ぶのに結構憧れてたんです！」

ノリノリの武藤を加えた三人で作戦会議をすることに。

「どこにする？　近くのサイゼとかビッグボーイ？」

「竹岡《たけおか》らーめんでー」

こいつ、ファミレス好きそうな女子高生のくせに竹岡らーめん好きすぎるだろ。

「ふと思ったけど謹慎中のやつが昼間から出歩いてラーメンとか、学校に喧嘩《けんか》売ってないか……？」

「まあー、ワタシらも学校サボってるんでー。死なばもろともってやつでー」

「普通のサボりとはリスクが違いすぎる！　卒業まで半年しかないのに退学とか嫌なんだけど……」

「さー行きましょー」

さっさと歩き出した腹ペコ堀田を追うように僕と武藤も走り出し、すぐ近くの竹岡らーめんに向かった。もちろん三人分の支払いは年上の僕だろう。

来月くらいには冬莉も誘って四人で一緒に行けたらいいな……とか、ちょっとだけ期待しておくことにした。

第五章　私の名前、後輩マネージャーじゃないです

「冬莉《とうり》はコーヒー飲めるようになったのかなぁ？」

小学生だった私へ、お母さんは試すようにそう言った。

大きな瞳に優しい顔立ちはウチの店のお客さんにも人気が高く、美しいロングの黒髪を肩のあたりで結ったヘアスタイルもよく似合っている。

お店のエプロンを身に着けてカウンターに立つ姿に憧れすら抱くほどだ。

「コーヒー飲める！」

「ほんとかな～？　この前まではミルクを入れても飲めなかったのに～？」

「コーヒーを飲めるようになると大人なんでしょ？　私は大人だから飲めるもん！」

お母さんがお店の仕事をしているときでもお構いなしに、甘えん坊な私はお母さんの後ろをついて回った。それこそ四六時中と言えるくらいには離れたくなかった。

親離れできない娘に嫌な顔一つ見せず、どんなに疲れていてもお母さんは笑顔だった。

私が起きている時間帯はお父さんが家にほとんどいない。

物心ついたころからいつも側《そば》にいてくれるお母さんは、私のすべてだった。

「はい、大人のコーヒーですよぉ」

仕事の合間やお客さんがいないタイミングで、お母さんはコーヒーを淹《い》れてくれる。

最初はお母さんが休憩中に飲んでいたから真似《まね》して飲んでみたけど、恐ろしいほど苦くて一口しか減らなかった。

でも……お店のテーブルで優雅にコーヒーを嗜《たしな》みながら新聞を読むお母さんが、子供目線ではとても大人っぽく思えた。

だから私も隙を見てはコーヒーに挑戦した。

砂糖やミルクは入れない。お母さんがブラック派だから。

お母さんみたいなカッコよくて優しい大人に早くなりたかったから。

「お母さん！　ぜんぶ飲めた！」

「おー、すごいすごい！　冬莉はもうアタシと同じで立派な大人だぁ♪」

ティーカップに注がれたブラックコーヒーを飲み干しただけで、お母さんは顔をくしゃくしゃにした笑顔を見せてくれた。頭を何度も撫《な》でながら褒めてくれた。

「冬莉が飲んだコーヒーはね、スノートップっていう豆なの。ちょっと値段は高いけれどアタシが一番好きな味だし、名前の由来が雪だから冬莉にもピッタリでしょ？　冬莉も気に入ってくれたみたいだからまた淹れてあげるね」

「うん！　お母さんもスノートップも好き！」

「大人は二人を好きになっちゃいけないんだよー？　お母さんとスノートップ、どっちのほうが好き？」

「お母さん！」

「よーしよし！　ほんとに冬莉は可愛《かわい》い子だなぁ♪」

お母さんに抱き着くと、お母さんもぎゅっと抱き締めてくれる。

欲しい物や行きたい場所なんてなかった。他には何もいらなかった。

お金も友達も私にとっては必要なかった。

毎日が幸せだった。

お母さんさえいてくれれば、それだけで良かった。


物静かな私は小学校で浮いていた。

休み時間に外で遊んでいる同年代とは離れ、図書室から借りた本を体育館のピアノの前で読んでいるような人に話しかけようと思う物好きはいない。

私は別に他人が嫌いなわけじゃない。お母さん以外との接しかたがわからないから、たまに授業や掃除の時間に話す機会があっても口数少なくなってしまう。

それが相手によっては不愛想に見られるばかりか、私の態度が気に入らなくて苛立《いらだ》つ人もいるらしい。

友達がいないだけならまだよかったのだが、明らかに無視されたり物を隠されたりという小さい嫌がらせを受け始めた。

最初はあまり気にしないようにしていたものの、それが何度も続くと心が弱ってくる。

「また消しゴムが欲しいの？　つい最近買ったばかりだったよね？」

「ごめんなさい……無くしちゃって……」

お母さんを心配させないように『隠された』とは言えず『無くした』と説明していた。

でも、子供の浅はかなウソなど親には通用しない。

「冬莉、学校で何かあった？　お母さんに話してごらん」

弱りきった心を包み込んでくれる声。

必死に誤魔化《ごまか》し続けていた強がりが崩れ去り、堪《こら》えていた感情が一気に溢《あふ》れ出《だ》す。

「……うああ……おかあさぁん……うあぁ……うえぇ……うっああ……」

涙が涸《か》れ果てるくらい泣いた。

声が嗄《か》れるくらい嗚咽《おえつ》を漏らした。

お母さんは強く抱き締めてくれた。

涙でぐしゃぐしゃに水没した顔を覆い隠してくれた。

でも私がなかなか泣き止《なや》まないから、困ったお母さんが苦笑いをしながら移動した場所は……私の部屋に置かれていた電子ピアノの前だった。

「泣き虫の冬莉がすぐ泣き止むように良いものを見せてあげよう」

お母さんはピアノに息を吹きかけて埃《ほこり》を払い、白黒に並んだ鍵盤に触れる。

そのまま流れ始める音色。お母さんの指が上下に揺れて打鍵するたびに様々な音が交差し、あるいは混ざり合って一つの曲が紡がれていく。

いつの間にか涙は乾き、あれだけ感じていた強い悲しみは清々《すがすが》しく消《き》え失《う》せていた。

どくどくと心臓の鼓動が大きくなり、胸が激しく躍っていた。

視覚も聴覚も心地よさに浸り、私はすっかり抜け出せなくなってしまったんだ。

「まともにピアノを弾いたのは高校生のとき以来だったけど、好きだった曲はまだまだ身体《からだ》が覚えてるねぇ」

一曲弾き終えたお母さんがそう言いながら、にっこりと微笑《ほほえ》んだ。

「落ち込んだときや悲しいときはお母さんに言って。冬莉が元気になるまでアタシが何曲でも演奏してあげるから」

「ほんと!? 何曲でも!?」

「な、何曲でもはやっぱり難しいかなぁ。アタシの体力が続くまで！」

お母さんが初めて弾いてくれた曲の名前は教えてもらえなかったが、お母さん自身が最も好きな曲のピアノアレンジだったらしい。

「私もお母さんみたいに弾きたい！ お母さんを笑顔にしたい！」

「えー、ほんとぉ？ だったらピアノを教えちゃおうかなぁ♪」

私はお母さんの真似をするのが得意だ。

それからはお母さんがピアノを弾いている姿を欠かさず目に焼きつけ、家や学校の音楽室でも弾き始めた。

幼稚な嫌がらせなんてもう忘れていた。

上手に弾けるとお母さんが褒めてくれるから、もっと張り切って練習した。

自分のためじゃない。

コンクールで賞を取ったりすることに微塵《みじん》の興味もない。

私はお母さんのために、お母さんの喜ぶ顔が見たいからピアノを弾いていたのだ。


私は中学生になった。

さすがにお母さんにベタベタと付き纏《まと》うのはやめたものの、お母さんのためにピアノを弾き続けていたのは変わらない。

将来の夢や目標もなく生きていた。お母さんの喜ぶ顔が見たいというのが唯一の道標《みちしるべ》であり大きな原動力だった。

中学二年のある日——

昼休みに音楽室を貸りてピアノを弾こうとしたら、音楽の授業で早めに移動してきた生徒たちと鉢合わせになった。

狭い密室でいきなりピアノを弾いたら物珍しがる視線を向けられるのは想像に容易《たやす》く、ハイレベルな人見知り人間にはその空気が耐えられないと思った。

逃げるようにその場を離れたが、ほぼ毎日欠かさず練習していたから何もしないのは無性に落ち着かなかった。

「……そういえば、体育館にもピアノがある」

全校生徒で校歌を歌ったりするときなどに出番のある体育館のピアノ。

担任の先生によれば許可を取れば普通に使用できるとのことで、さっそく職員室の使用名簿に日付と名前を書く。

昼休みの体育館は閑散とした印象があり、ひっそりと弾くには絶好の穴場だ。

体育館の入り口から中を覗《のぞ》き込むと――先客の男子生徒がいた。

バスケットボールを両手で押し出すように放ち、少し離れたゴールのリングに何度も通している。バスケに詳しくない私でもシュート練習をしているのはわかった。

大勢が騒いでいたら迷いなく引き返していたけど、相手はたった一人。

無駄口を叩《たた》かずに黙々と打ち込んでいたので、むしろ私のほうが邪魔になるのではないかと気が引けてしまう。

入り口付近で悩みに悩み、こそこそと館内に忍び込んだ私は壁際に沿って移動……ピアノの前に座ることに成功した。

だがしかし、ピアノを弾くという目的を達成するためにはピアノの音を鳴らす必要がある。この静かな空間でピアノの音が鳴れば男子生徒は絶対に気づく。気が散る。怒られる。私は邪魔者になる。空気が悪くなる。明日からはもう来られない。

この流れが脳裏を過《よぎ》り、ピアノの前に座っているだけの状態から動けなくなった。

他人から見たら不気味な姿に思われそうなので、とりあえず鞄《かばん》の中に入れていた文庫本を取り出してパラパラと捲《めく》った。

体育館の隅っこで読書してる女を装ってみたのだ。

ピアノを弾いてもいいですか？

たった一人の相手にも、この言葉がなかなか言えない。

そのまま無駄に時間が過ぎていくだけかと気落ちしたが、リングに弾《はじ》かれたボールがバウンドしながらこちらへ転がってくる。

ボールを追いかけてきた男子生徒も当然こっちに来るわけで。

――私たちの視線が引き寄せられ、ぶつかった。

体育館の隅で読書しているのが気持ち悪いとか思われただろうか。

気が散って邪魔だと思われていただろうか。

男子生徒は何かを言いたそうに唇を開こうとしている。

様々なパターンの罵倒を覚悟した……が、

「ごめん！　練習の音……うるさかったよな」

男子生徒は両手を合わせ、申し訳なさそうに頭を下げた。思わぬ謝罪の先制パンチで呆《あっ》気《け》に取られ、私は口をぱくぱくと開閉することしかできない。

「大会が近いんだ。もうちょっと静かに練習するように配慮するから勘弁してな」

そう言って苦笑した男子生徒はボールを拾い上げ、そのまま踵《きびす》を返して戻ろうとする。

この人は自分が悪いと思ったらしい。自分が迷惑をかけていた、と。

「……いえ！　その……大丈夫です。うるさくない……ですから……」

ぎこちなかったけど、ちゃんと返事できた。

これは相手に気を遣ったわけではなく本音。この人が一生懸命に打ち込む練習の音に不快な感情などは抱かず、むしろ綺麗《きれい》で芸術的だとすら感じた。

いつまでも聞いていられるような音。

私では絶対に手が届かない青春が凝縮された音。

これを毎日聞きに来るだけでもいい、と思ったほどだった。

「……あの！」

離れていく後ろ姿を呼び止める。

「……私も邪魔にならないように配慮するので」

勇気を出して、言う。

「……たまにピアノを弾いていても、いいですか？」

振り返った男子生徒は白い歯を見せながら、自然に微笑んだ。

「いいよ。僕も練習しながらキミの演奏を聴いてるから」

お母さん以外で私に笑いかけてくれる人は初めてだった。

学年章は三年生。たぶんこの人は年上の先輩。

年上の余裕かもしれないけど練習しているときの真摯な表情はウソをつかない。

この人は、良い人だ。悪意を持って私の居場所を奪ったりはしない人だと信じたいから、その嬉《うれ》しい言葉に私は甘える。

その日を境に私とセンパイは昼休みに顔を合わせるようになった。

自己紹介をしておらず、お互いの名前も知らない。

たまに目が合ったときに一言二言くらいしか話さないので特に名前を聞かなくても問題なかった。

あくまで〝同じ場所で各々が練習しているだけ〟だから、この距離感が気楽だった。


秋の嵐が到来した日。

放課後になると雨脚が強まり、傘を忘れた私は昇降口で足止めをされてしまう。

急に冷え込んだ空気に体温が奪われ、身体の震えが止まらなくなってくる。

お母さんに車で迎えに来てもらおう……と考えたのに、私はお母さんの携帯番号を思い出すのに時間を要していた。

そもそも私の中学はスマホ類の持ち込み禁止。公衆電話は数が少なく、迎えを呼びたい生徒たちで順番待ちの列になっていた。自分の番はいつになるのか見当もつかない。

いっそのことずぶ濡《ぬ》れになりながら走って帰ろうかな……。

貧弱なインドア女がそんな無謀を働けば、明日は風邪&筋肉痛のダブルで殴られるのは目に見えている。走るのは大の苦手だし。

早く帰りたい。早く帰りたい。早く帰りたい。早く帰りたい。早く帰りたい。

鬱屈とした気分が限界に達しようとしていたとき、その人は背後から通り過ぎた。

「あれ？　帰んないの？」

話しかけてくる声でわかった。バスケ部のセンパイだ。

センパイは下駄箱《げたばこ》でスニーカーに履き替えているので、これから帰るところなのだろう。

「……センパイこそ今日は帰るのが早いんですね」

「交通機関が止まるかもしれないからって部活が休みになった。さっさと帰って風呂にでも入るよ」

私に背を向けたセンパイは昇降口から出ようと前に進むも、すぐにこちらへ振り返る。

「キミ……もしかして傘持ってないの？」

バレた。

「……まあ、そうですね。天気予報を見なかったもので」

「家の人が迎えに来てくれたりは？」

「……いえ、まだです。スマホも使えないですし、公衆電話も混み合っていますし……近くのコンビニまで走って傘を買おうかなと」

「コンビニ着くまでにずぶ濡れになって傘の意味なくなるだろうな」

いまの自分は眉間にシワが寄った渋い表情をしているに違いない。

「はい。僕の傘でよければ貸すよ」

センパイは手に持っていたビニール傘を差し出してくる。

「……えっ……でもそれだとセンパイがずぶ濡れになるんじゃ？」

「僕はほら、部活で鍛えてるから風邪ひかないし」

「……そういう問題じゃありません。私の気持ちの問題というか、自分だけ濡れずに帰るのは罪悪感が湧くので」

「キミ、結構優しいのな」

優しいとか初めて言われた……。

私に対して優しいことをしているのはセンパイのほうなのに。

「キミの家まで送るよ。僕の傘は結構大きいから二人くらいだったら入れるでしょ」

センパイは傘を広げ、傘の柄を右手で持つ。

センパイの右側は意図的に空けられており、一人ならすっぽり収まりそうだった。

これはあれだ。相合傘、というやつでは……？

「こういうの、やっぱりイヤだった？」

「……イヤというか、そういうふうに誰かと帰った経験がないので」

ただでさえ私は他人との交流が極端に少ない。

突然の提案だったために心の準備が間に合わず、反応に困ってしまう。

家はそんなに遠くないし滅多《めった》にない機会だから甘えてみようと思った。

昼休みの体育館だけでは味わえない特別な雰囲気に酔ったのかもしれない。

私はローファーに履き替え、視線が右往左往しつつ傘の下に入る。

左側に立っていたセンパイが歩き出す速度に合わせ、私も一歩ずつ前に踏み出した。

傘を叩きつける激しい雨音で会話はままならない。

けれど私とセンパイのあいだには会話など必要なく、車の走行音や雨音だけの時間が続いていった。

歩行速度に比例し、景色はゆっくりと流れる。

背が低い目線から見上げるセンパイの横顔は凛々《りり》しく整っている。

過度な意識などしていない。お母さん以外の誰かに心を許したことはない。

私たちは昼休みにお互いの音を交換するだけの関係。

それ以上でもそれ以下でもないのだから。

私のほうに傘を傾けているため、センパイの左肩がじっとりと色濃くなっていた。

「キミの家、どっち方面？」

「……こっちです」

二人のあいだに存在する話題は道案内のみ。

会話が少ない気まずさを雨の音が和らげてくれていた。


「冬莉！　帰るのが遅いから心配してた……って、どちら様？」

私の家に到着すると玄関でお母さんが待ってくれていた。

私のとなりに見知らぬ男子学生がいるのだから、お母さんも目を丸くせざるを得ない。

「後輩が傘を忘れて困ってたのでついでに家まで送りました。勝手なことしてすみません」

「いえいえいえ！　ウチの娘を送り届けていただいてありがとうございました〜っ！」

お母さんとセンパイが向かい合いながら頭を下げる謎の時間。むず痒《がゆ》い。

「それじゃあ、僕はそろそろ帰ります」

軽く会釈したセンパイは帰ろうとするも、

「せっかくだし雨が弱くなるまでウチで休んでいったら？」

お母さんがまさかの余計な提案をした！

「え、ええ？　いきなりでご迷惑でしょうし僕は大丈夫なのでお構いなく……」

「娘が初めて連れてきたお友達だもん、遠慮しなくていいのよ？　温かいコーヒーでも淹《い》れてあげるね！」

「……お母さん！　この人は友達でも何でもないから！」

お母さんの熱意に根負けし、苦笑いを隠せないセンパイ。

私が学校の誰かを家に連れてきたのがよっぽど嬉しかったらしく、お母さんのテンションが普段の倍以上に跳ね上がっている。

私の渋い顔にも磨きがかかったけれど、不思議と悪い気はしなかった。

楽しかった。

会話が絶えなかった。笑い声が絶えなかった。

私にピアノを教えたのはお母さんという話題になり、興味を持ったセンパイのためにお母さんが一曲弾くことになった。

私の部屋に移動し、お母さんは丸ノ内サディスティックを弾いてみせる。

センパイは凄《すご》く喜んでいたし、一人で数人分の拍手をしていた。

「……私もこういう風に……誰かを喜ばせてみたい」

「だったら合唱コンクールが手っ取り早いんじゃない？　冬莉が合唱コンクールで演奏するならお母さん見に行っちゃおうかな〜♪」

合唱コンクールで伴奏する気はまったくないのに、お母さんはすごく楽しみにしてくれたのが嬉しくて——

「……いつか、いつかね。中学を卒業するまでには……」

「冬莉ならできる！　大勢の観客に拍手される娘を早く見たいな〜♪」

その場しのぎの口約束をしてしまう。

お母さんの笑顔が見たい。期待に応えたい。ただそれだけのために。

ウンザリだった雨の日は特別な日にもなった。

これが三人で過ごした……最初で最後の時間になった。


家に帰れば大好きなお母さんがいてくれる。学校の昼休みには私に青春の音を聴かせてくれるセンパイがいて、私のピアノも聴いてくれるセンパイがいる。

私は幸せだった。

これ以上は何もいらないし、何も望まなかった。


こんなにも簡単に崩れ去ってしまうなんて、思ってもみなかった。


翌年の春。

私は中学の最上級生になり、一歳年上のセンパイは一足先に卒業していった。

昼休みの体育館は私一人だけのものになり、センパイが話しかけてくる声は消えた。

センパイがボールを操る青春の音も、もちろん消えた。

体育館は広かった。一人だとこんなに広く感じるのか、と驚いた。

私は再び、学校で一人きりになった。

仕方ない。学生生活において年齢が一歳違うということは、一年重ならない期間が出てしまうのだから。

「……そういえば、まだ名前も知らないや」

卒業間際にここで会ったときは『木更津《きさらづ》の高校に行く』と言っていた。

私は木更津に住んでいる。

きっと、どこかでまた会える。

学校でピアノを聴いてくれる人はいなくなったけれど、家に帰ればお母さんが聴いてくれる。満面の笑みで褒めちぎってくれるから、私は大丈夫。


学校から一人で家に帰ると、やけに物静かだった。

店を覗《のぞ》いてみても人気《ひとけ》がなく、賑《にぎ》やかな声はいつまで経《た》っても耳に届かない。

「……お母さん？」

リビングに移動した私の目に映ったのは――

冷たい床に倒れたお母さんだった。
頭が真っ白になり、指先まで硬直して身動きができなくなった。
信じない。信じられない。
時間差で脳が事態を認識していく。足が大きく震え、両膝から頽《くずお》れた。
息ができない。
「……お母さん」
呼びかけても答えてくれない。笑ってくれない。
お母さんの手を握ってみても、冷たい。
氷のように、冷たい。
泣いている自覚なんてないのに、瞳から溢《あふ》れた大量の粒が濁流のように流れ落ちる。
「あっ……ああ……」
声が掠《かす》れる。息が途切れる。
どうしてこうなるんだろう。
私が、お母さんが、何か悪いことでもしたのかな。
ありふれた小さな幸せが続いてほしかっただけなのに。
お母さんがいてくれたら、それだけで何もいらなかったのに。

どうして私から大切なものを奪っていくのだろう。
どうして私だけがこんな目に遭うのだろう。
どうして。

私は本当に一人になった。
私が大好きな人は、いなくなった。
私のピアノを聴いてくれる人が、いなくなった。
私のことを好きでいてくれる人が、いなくなった。

＊＊＊＊＊

中学三年生の九月。
お母さんの死からは半年近くが経ち、私はピアノに触ることすらしなくなっていた。
私は自分のために弾かない。
弾く意味を失った以上、とてつもなく無意味な行動に思えてきたから。
毎日学校に来て、誰とも話さずに時間が過ぎるのをただただ待ち、誰も待っていない家に一人で帰る。それすらもバカバカしくなり、学校を休む日も多くなった。

学校に行かないときは太田山《おおだやま》公園に寄り道していた。家から近い太田山公園は母親がよく散歩に連れていってくれた場所で、なぜか引き寄せられたのだ。

大切な故人との思い出の場所を追い求める。今思えば、これが前兆だったのだ。

ある日、公園内の休憩所で野良猫《のらねこ》と遊んでいたら見知った顔に会った。

「学校にも来ないで何してるのー？」

「……戸田《とだ》さんと同じような心境だと思います。学校に行く意味が見出《みいだ》せないからサボっています」

「戸田じゃなくて堀田《ほった》だよー。クラスメイトの名前くらい覚えろよー」

堀田マキナ。

彼女は今年度からのクラスメイトであり生徒会や学校行事の運営側として動くことが多いので話す機会は多少あったものの、友達などではなかった。

それからの一週間、堀田さんは毎日のようにこの場所へ来た。

「みんな自分勝手な意見ばかり言ってきてさー提出物の期限も守らないしーたまにぶん殴りたくなるんだよねー。高梨《たかなし》さんもそう思うよねー、ねー」

めちゃくちゃ愚痴られる。

堀田さんのストレスは日々溜《た》まり続けているらしく、私のとなりに座っては愚痴を吐き出しまくってスッキリしたら帰ってしまう。

最初のうちは『変わった人だな』と思ったが居心地は悪くなかった。

手を伸ばしたら指先くらいは触れるかもしれない、みたいな距離感が気楽だった。

そう、センパイに抱いた印象と少し似ていたんだ。

「冬莉さんに相談なんだけど、転校した伴奏者の代わりにピアノを弾いてくれないかなー」

合唱コンクールの二週間前、堀田さんに誘われる。

とりあえず伴奏のCDを流す案で進めていたけど、やはり生の演奏で歌いたい〜みたいな雰囲気になったとか。

それでも一度は断った。いまはもう弾けないから、と。

「……どうして私なんですか？」

「前に冬莉さんの演奏を体育館で偶然聴いたことがあるんだけどさー、そのとき抱いた感動をみんなにも知ってほしいんだよねー」

堀田さんの目はいつも怠《だる》そう。でも、瞳の奥から滲《にじ》む熱意は純粋だった。

「……別に断ってもらっても全然いいよー」

「……そうですか」

「……でも、ピアノは弾いていてほしいなー。ワタシの密《ひそ》かな癒《いや》しだったから」

お母さんのために弾いていた自分勝手な音を好きでいてくれる人がいる。

センパイ、そして堀田さん。この二人はやっぱり似ている。

「……三年になってストレス溜まりまくりなの、冬莉さんのせいだよねー」

「……私のせいにしないでください」

堀田さんが少しだけ笑い、つられて私の口元も緩む。

そうだ……私にはやり残したことがあった。


冬莉が合唱コンクールで演奏するならお母さん見に行っちゃおうかな〜♪


意味は残っていた。完全には失っていなかった。

お母さんが喜んでくれるなら、私は――

おぼろげな希望に縋《すが》り、私は代役を引き受け、半年ぶりにピアノに触った。

死んだように生きたまま。

不完全燃焼で燻《くすぶ》る最後の心残りを、叶《かな》えるために。


合唱コンクール当日。

体育館には全校生徒や教員が集結し、生徒の保護者らしき大人も数名ほどいた。

プログラムは順調に進行し、自分のクラスがステージ上にあがっていく。

前口上が読み上げられ、観客に向けて全員がお辞儀をした。
私はピアノの前に座り、鍵盤に指を添える。
会場が静寂に包まれていく。自分の深呼吸が大きく感じる。
指揮者のほうに視線を移した瞬間、それは起きた。

冬莉――

聞こえるはずのない、声がした。
私の名を、呼んだ。
自分の瞳が激しく揺れ、視線が定まらない。
観客席の最後尾には……お母さんがいた。
私を見ていた。
あのころと変わらない優しさのこもった眼差《まなざ》しで。
私を見に来てくれた。
指揮者が困惑している。
伴奏は始まらない。始まるわけがない。
私はゆっくりと立ち上がり、引き寄せられていく。

微笑《ほほえ》みかけてくれるお母さんが手を伸ばし、私はそれに向けて手を伸ばした。

一歩、二歩、三歩。

ステージの先端へ歩を進めていく。

異変に気づいたクラスメイトや会場がざわめきだす。誰かが私を止めようと駆け出したときには手遅れで、踏み出した片足がステージから浮いていた。

重力に引かれ、視界が傾いた。

ふわりと浮いた世界がスローモーションになった。

…………

……そこから先は覚えていない。

気がついたら病院のベッドに寝かされ、腕が骨折したみたいに固定されていた。

額にも包帯が巻かれており、起き上がろうとすると鈍痛が走った。

ベッドの横にいたお父さんが私に抱き着き、泣いていた。

無事でよかった……と何度も言いながら、泣いていた。

お母さんはいなかった。

お母さんの優しい声は、聞こえなかった。

数日後に退院して登校した。

私のほうを見ながらヒソヒソ話が始まる。

以前までは私を見ていなかった人たちが様々な眼差しを向け、ネガティブな感情を撒《ま》き散《ち》らしている。

普通の話し声ですら悪口に思えた。

私を映す瞳がニヤニヤと歪《ゆが》んでいるような気がした。

もう居場所はなかった。嘲笑、恐怖、困惑……それらの眼差しから逃げるように学校から抜け出し、公園の休憩所へと走った。

そこには先客。柵の付近に立っていた堀田さんが木更津の景色を眺めていた。

「ごめん。ワタシが誘わなければ……冬莉さんはこんなことにならなかったねー」

背を向けたままの堀田さんは……自らを責めるような台詞《せりふ》を漏らす。

悪いのは堀田さんじゃない。悪いのは、私。

「冬莉さんの中で……なにがあったのかなー」

「…………」

無意識に説明を拒否した脳が、弁解することを拒絶する。

「……堀田さんには……わからない」

わからない。私の身に起きた出来事は、私にしか……わからない。

「そうだよねーわからないよねー」

諦めたように呟《つぶや》きながら、堀田さんは表情を見せないまま歩き出した。

「赤の他人でいればよかった。友達の真似事《まねごと》みたいなことしなければ……冬莉さんは苦しまなかったかもしれないねー」

遠ざかる堀田さんの背中が小さくなっていく。

友達ではないけど手を伸ばせば指先くらいは触れるかもしれない距離。

相手のことを知っているようで何も知らない距離。

この距離感は、最初から間違っていた。

＊＊＊＊＊

そのころのお父さんは会社を退職し、コーヒー豆店を継いで間もない時期。

毎日夜遅くまで専門知識を勉強していたものの、お母さんのようにはいかない。売り上げの低迷で閉店の危機もあったけど、どうにか試行錯誤してお母さんの店を守っていた。

せめてもの罪滅ぼし、と言わんばかりに。

合唱コンクールの一件もあり、お父さんは私をメンタルクリニックに連れていった。

眼鏡をかけた美人な女医さんは極めて少ない症例の一つとして『突然亡くなった大切な人の幻を見ることがある』と教えてくれた。

都市伝説的なもので科学的な根拠はない。精神的な不調を緩和するため、せめてもの助言として故人との思い出が残る場所にはあまり行かないように忠告された。

病院からの帰り道。

娘に気分転換させるため、お父さんは映画やご飯に連れていってくれた。

ポークソテーライスが美味《おい》しい大衆食堂で夕飯を食べたあと、お父さんが少し目を離した隙に私はその場を離れ……一人で木更津の町を歩くという無意識な行動をとっていた。

何かに誘《いざな》われるような感覚。

すっかり日が沈んだ夜道を外灯や車のヘッドライトが照らしている。

道路の向こう側に、誰かが立っていた。

私の虚《うつ》ろな目がお母さんの幻を映し出していた。

夜の景色が灰色になっていく。光を失っていく。

このまま道路に飛び出したら車に轢《ひ》かれて死ぬだろう。

別にそれでもいい。お母さんがいてくれる世界にいけるなら、それでも——

「あの店のポークソテーライス、うまいよな」

道端で声をかけられ、灰色だった景色が光を取り戻していった。

「……どうしてあの店に行ったとわかるんですか？」

「このあたりは僕のランニングコースなんだ。さっき通りかかったらキミが店のほうから現れてフラフラと歩いてたから気になって声かけた」

後ろから声をかけてきたのはランニングウェア姿のセンパイ。

センパイが卒業して以来、突然の再会だった。

どうしていいのか迷い、私は俯《うつむ》きながら押し黙っていたら……

「今からちょっと付き合える？」

「……どこにですか？」

「僕の自主練」

このセンパイはいきなり何を言い出すのか……と困惑しながらも、私はセンパイについていくことにした。

手を広げたら指先が届くような距離に、誰でもいいからいてほしかった。

センパイが卒業してから失っていた青春の音を、もう一度聴きたかった。

鳥居崎《とりいざき》海浜公園の屋外バスケコート。

海沿いのコートは外灯の光に覆われ、日没後もバスケができるようだ。

センパイは手足のようにボールを操り、素早いドリブルから正確なシュートを放つ。

中学校の体育館で見ていた姿と変わっていない。

無駄口を叩《たた》くことなく集中し、荒っぽい息遣いだけを零《こぼ》す。ボールが跳ねる音、地面と靴底が擦《こす》れる音、ゴールが揺れる音、ネットを通り抜けた音。

私が好きな青春の音。センパイだけの音。

レイアップシュートを決めたセンパイが大きく息を吐いた。

「やっぱり調子いいわ」

「……えっ？」

「キミに見守られながらバスケすると、めっちゃ身体《からだ》が軽くなる」

センパイは腕で汗を拭い、まるで少年のように笑いかけてくれた。

胸の奥からじんわりとした微熱が広がっていくのを感じた。

「……センパイはどうしてバスケを頑張ってるんですか？」

「好きな人の気を引きたくてバスケを始めたけど、いまはどうしても倒したい相手がいる。大嫌いだけどカッコよくてさ、こいつだけには絶対に負けたくないってやつがいるんだ」

「……それがバスケをやっている意味……なんですね」

「ああ、それだけのためにバスケをやってる。いつかあいつを超えてやるために」

センパイは力強く言い放ってみせた。

お母さんのためにピアノを弾いていた私のように、センパイにもバスケを続ける理由がある。意味があるから続けられる。

「……意味を失ったらどうすればいいんでしょうか！　誰かのために続けていたものに意

味を見出せなくなったら……！」

「そうなったら〝別の意味〟が見つかるまで待つかな。もし僕がバスケを続ける意味がなくなったら躊躇《ちゅうちょ》なくバスケをやめられる。またいつか意味が見つかったら始めればいい。それはバスケじゃなくても何だっていい」

蠢《うごめ》いていた泥のような不純物が心から消え、軽くなった気がした。

別の意味が見つかるまで待つ。

私は少しだけ休んでもいいのだ。

いつかもう一度、ピアノを弾く意味が見つかるまで――

「意味が見つかるまでここで休んでいけばいいと思うよ。僕はバスケしながらキミの話を聞いてる。キミが一人で迷わないようにここで待ってる」

「……センパイ……セン……パイ……」

センパイの音を聴きながら、一休みしてもいいのかな。

「……っ……ううっ……うわぁああ……ぐぅ……あっあ……」

一粒、二粒、重力に引かれる涙が地面に吸い込まれていく。

目元がぐしゃぐしゃに水没し、世界が濁っていく。

意志に反したみっともない嗚咽《おえつ》が漏れ、塞《せ》き止《と》めていた感情が止めどなく流れ出す。

「どうして泣きだすんだよ。僕が泣かせたみたいじゃないか……」

狼狽《うろた》えるセンパイ。

そう、あなたが泣かせた。

弱い部分を覆い隠してくれるあなたの優しさが、ありがたかった。

「よし、今から僕がスリーポイントを打つ。三本連続で決めたら泣き止《や》んでくれ」

「……なんですか……それ……私……子供じゃないのに……」

「子供みたいに泣いてるから、おまじない」

ボールを拾い上げたセンパイは軽く息を吐き、ゴールを見上げる。

反った背筋。伸びた両手。軽く浮いた靴底。美しいフォームで放たれたボールは放物線を描き、リングに触れることなくネットを通り抜けた。

「見た？」

「……まだ一本だけ……じゃないですか……」

ドヤ顔をするセンパイに対し、私は涙を腕で拭いながら反論した。

濁った景色を鮮明にすればセンパイのおまじないを瞳に焼きつけられるから。

そのままセンパイは二本目も難なく決め、三本目のシュート態勢に入る。

ブレることないフォームから打ち出されたボールは程よいバックスピンがかかり……リングにぶつかる。

落ちそうで、落ちない。

細いリングの上を綱渡りしたボールが傾き、ゴールに吸い込まれた。

「よっしゃあ！　ほら、泣き止め。絶対泣き止め。今すぐ泣き止め」

高揚したセンパイが小躍りしながら私に近づいてくる。

この人を見ていると……自分の葛藤なんてとてもくだらなく思えてしまう。

「……ふふっ……もう泣き止んでますから」

いつの間にか涙は消え去っていた。

それどころか自然な笑顔を勝手に引き出されてしまった。

かつてお母さんがピアノを弾いて私を泣き止ませたように。

笑いたくて仕方ない。心が温かくなって居心地が良い。

「……明日も練習を見に来てもいいでしょうか？」

バスケじゃなくても何だっていい。

センパイの台詞を私に置き換えればピアノじゃなくても何だっていい。

センパイの音を近くで聴いていたい。頑張るセンパイの手助けがしたい。

いまの私に芽生えた感情は新たな行動を起こさせる。

センパイの近くにいることが私にとっての〝意味〟になったから。

私の言葉が意外すぎたのか、センパイは面食らった表情を垣間見《かいまみ》せたものの……私のほうに近づいてきて右手を上げる。

「こっちこそよろしく、後輩マネージャー」

「……マネージャーじゃないですけど、センパイは腕で汗を拭いているのでタオルくらいは準備しておきますね」

「さらっとしぼったオレンジもお願い」

「……贅沢《ぜいたく》言わないでください」

軽口を叩くセンパイに呆《あき》れつつ、私も遠慮気味に右手を上げた。

夜のコートに乾いた音が響く。

センパイと後輩のハイタッチが気持ちよかった。

「……私の名前、後輩マネージャーじゃないです」

コートに戻りかけたセンパイを引き止め、センパイがこちらへ振り向く。

「……冬莉。高梨冬莉です」

「夏梅《なつめ》。白濱《しらはま》夏梅だ」

遅すぎる自己紹介。

高梨冬莉にとって夏梅センパイを見守ることが〝意味〟になり、唯一の道標《みちしるべ》になった。

お母さんの幻は、もう二度と現れなくなっていた。

第六章　ずっと恋をしていたいのだ

夏梅《なつめ》センパイのお兄さんが事故死し、センパイはバスケ部をやめてしまった。

センパイはバスケを続ける意味を失い、今度は春瑠《はる》センパイを立ち直らせるために自分の青春を捧《ささ》げた。それが新しい意味になったのだ。

その心情は痛いほどよくわかる。

夏梅センパイがバスケをやめてしまったことで、私もマネージャーを続ける意味を失った。そして、夏梅センパイの青春を応援するという意味を見つけた。

だが、それは自分の想《おも》いとは相反する。

私は夏梅センパイが好きだから素直に応援できない。

諦めようとしているのに、心のどこかでは受け入れようとしていない。

夏梅センパイには片思いの相手がいる。

春瑠センパイは私には太刀打ちできないほどの良いセンパイで、私にとっても大切な人だから……私は身動きが取れず、夏梅センパイに苦言を呈することしかできなかった。

それは全部、自分に跳ね返ってくる言葉だとわかっていても。

告白してしまったら関係が壊れてしまいそうで怖かった。

一番仲良しの後輩という立場だけは……どうしても守りたかった。

春瑠センパイと夏梅センパイの三人で放課後の居残り練習をした思い出を……夏梅センパイは覚えていてくれていた。

夏梅センパイの煽《あお》りにキレた私がフリースローを打ちまくるも、リングにすら届かなかったばかりか豪快に転んでしまったという恥ずかしい過去の一幕。

その日以降、体育館で一人になるたびにこっそりフリースローを打っていたのだ。

運動神経が絶望的な私にとってバスケのシュートは神業の域。自分には到底不可能なことが、もし――奇跡的に一度でも達成できたのなら、もう怖いものなどない。

そのときは、夏梅センパイに告白だってできる。

言い訳をしながら逃げていた自分を奮い立たせるため、そう願掛けをしていた。

だけど……願掛けのフリースローは一度も決まっていない。

小学生の女子ですら十本打てば一本は入りそうな距離なのに。

未経験者で下手だから。運動が苦手だから。そう思いたかった。

だけど、本当は違う。運動が苦手なのは事実だけど、根本的な原因は違う。

――私は無意識にフリースローを外していた。

表面的には逃げ道を塞ごうとしつつ、性懲りもなく逃げ道を探し続けていたんだ。

シュートが決まらないから告白できないのも仕方ない、と。

自分自身を、みっともなく騙《だま》すために。

告白しない言い訳で自分の心を塗り固めるために。

「夏梅少年と同じで本当に不器用ですねぇ、後輩ちゃんも」

文化祭リハーサルの翌日。

夏梅センパイを追い出した直後の部屋。

ベッドに体育座りする私に向かって、先ほどまでは影も形もなかった存在が話しかける。

中学の制服を着た黒髪の少女。名前は、海果《うみか》。

夏休み明けに富士見《ふじみ》橋で出会い『七つの季節の一つが訪れている』と私に告げた人。

「……今回は大丈夫だと思ったんです……もうお母さんの幻は見えないから……伴奏できると思ったのに……」

二年前と似たような条件が揃《そろ》ってしまっただけなのに、眠っていたトラウマが蘇《よみがえ》ってしまった。二年前の光景が脳裏をかすめ、指が石化したと思うほど動かなくなった。

堀田《ほった》さんは正しかった。あの人は私を守ってくれようとしていた。友達ではないのに、公園で一週間くらい喋《しゃべ》っただけなのに。友達みたいに心配してくれていたんだ。

「終わった雰囲気を出してる中で申し訳ありませんが、後輩ちゃんは何もしていません。何もしていなければ状況も変えられない……そして、文化祭はまだ終わってないんです」

「……わかってる！　わかってるけど……私には何もできない……」

夏梅センパイを拒絶した。期待を裏切った。

文化祭で演奏すると決めたのは私なのに、今回ばかりはどうしても出たかったのに。

私の時間はまだ二年前で止まっているも同然だった。

「母親よりも大切な存在を見つけた後輩ちゃんにはもう陽炎《かげろう》は現れません。でも……もう、一つの季節はタイムリミットが迫っています。あなたがこのまま何も動かなければ、傍観を決め込むなら……あなたが最も守りたかった『夏梅少年にとって一番仲良しの後輩』という立場まで失ってしまいますよ？」

海果は淡々とした冷徹な声音でそう忠告する。

「……あなたが言わないで！　二年前も今回も……全部あなたのせいなのに！」

「そう、ぜんぶわたしが悪いんです。でも……わたしにはどうすることもできないので、こうやってお節介なアドバイスをして回ることしかできません」

感情的になった私を宥《なだ》めるためか、海果は静かに言う。

「あなたに訪れた季節……〝忘却の夏〟を終わらせる方法は、現状維持の片思いを綺麗《きれい》に終わらせること。夏梅少年に想いを告げ、返事をもらうことです」

「……そんなこと……できない」

「想いを隠し続ければ、夏梅少年の思い出から、あなたが消えます」

「……それも嫌だ!!」

自分に訪れた理不尽な選択肢。

陽炎の夏が過ぎ去ったように、今回も不可思議な現象を消し去る方法はある。

だけど私はそれを実行していない。できない。

ものすごく簡単なのに、私にとってはずっと躊躇してきたことだから。

「……忘却の夏のこと……センパイには……」

「言ってません。後輩ちゃんが口止めしてきたんじゃないですかぁ」

言えない。センパイには。

「夏梅少年は優しいから、これを知ったら思い悩むでしょうねぇ。少年自身の恋心を捻《ね》じ曲《ま》げてしまうかもしれない。後輩ちゃんはそれが嫌だ、と」

「……夏梅センパイが好きなのは春瑠センパイです。こんなことで迷わせたくない……センパイにウソをつかせたくない……」

このまま何も告げず期日を迎えれば……そうすれば誰も傷つかない。

出会う前の関係にリセットされるだけだ。

一番可愛《かわい》がってる後輩という立場がなくなろうとも、私は夏梅センパイにフラれたくない。私は——ずっと恋をしていたい。


大好きな夏梅センパイに、ずっと恋をしていたいのだ。

それが高梨冬莉《たかなしとうり》の生きている〝意味〟だから。

私よりも辛《つら》そうな顔をしているのは、海果だった。

「夏梅少年はもう、あなたと出会ったころの思い出を忘れ始めています」

薄々気づいていた。そのころの話をする夏梅センパイが思い出すのに時間を要したり、記憶が曖昧になっていたり、私の家を薄《うっす》らとしか覚えていなかったり。

陽炎の夏にも前兆があったように、これが忘却の夏の前兆なのだ。

「もう現状維持は許されません。片思いに決着をつけて前に進むか、守り続けてきた唯一のものを失うことになるか……どちらか一つです」

海果は重い声音でそう告げつつ、俯《うつむ》く私の頭に手を置いた。

「夏梅少年は後輩ちゃんを待ってます。今もずっと待っています」

中学生のくせに私よりお姉さんぶった言い回しで……頭を撫《な》でてくれた。

「がんばれ、恋する少女！　キミの不器用すぎる恋が叶《かな》うように！」

思わず顔を上げると、海果はもういなくなってしまった。

最初からそこにいなかったと錯覚してしまうほど一瞬の出来事だった。

もう間もなく決断しなくてはいけない。

前に進むために勇気を出すか、終わらせることを黙って受け入れるかを。

扉の隙間から飼い猫が入ってくる。

私のほうに近づき……ベッドに飛び乗ってきた。

「……私はどうすればいいのかな、ナツメ」

猫のナツメをそっと抱き上げると、ナツメは「んにゃあ」と可愛く鳴いた。

この子は私を心配してくれている……わけはないが、そう思うことにする。

「……キミは夏梅センパイにちょっと似てる。センパイ2号だね」

飼い猫に【ナツメ】と命名したなんて知られるのは恥ずかしすぎる。センパイ本人には絶対にバレたくない……とか余計なことを考え始めたら少しだけ気が楽になった。

センパイの夏梅を抱き締める勇気はないので、猫のナツメをそっと抱き締めた。


翌日も相変わらず部屋に引きこもっていた。

武藤《むとう》さんからのメッセージで届いたステージ発表のプログラムによると、私たちのグループは昼休憩を挟んでから午後の部一発目。正確には十二時四十分の出番だ。

出演を辞退しなかった武藤さんたち数人で合唱をする予定とのことだが、堀田さんが許可したのかはわからない。

武藤さんから何度もメッセージが届いているけど返信できていない。

スマホに触れようとしても指が止まる。

大勢の注目を浴びたとき、自分の指は正常に動くのだろうか。私のことを蔑んだり嘲笑する声が耳に入ったとき、二年前の光景がフラッシュバックしないだろうか。

私一人では勇気がない。

誰か、誰でもいいから。

臆病な私の背中をそっと押してほしい。

いや、多少強引にでも手を引いて導いてほしい。

無意識に震える手を握り締める。

手足が地面に縛られているのかと思うくらい全身が重く、文化祭でピアノを弾きたいという意志とは裏腹に次の行動を脳が拒絶している。

心の底まで染み渡った弱さに溺れそうになっていく。

私を信じてくれる武藤さんまで裏切ってしまうのは嫌なのに。

繰り返してしまう。また、誰かの期待を裏切ってしまう。

いまさら私が文化祭に行ったところで居場所もなければ、二年前と同じくネガティブな感情を向けられるだけ。そうなるに決まっている。

このまま何もせず、タイムリミットを迎えたい。

そのほうが誰も傷つかないから。

「冬莉、起きてる？」

ドア越しに声が聞こえた。

私を安心させてくれる人の声。

世界中でたった一人、私をドキドキさせてくれる人の声。

でも、今の精神状況でセンパイと顔を合わせたら押し込めていた感情をすべて曝《さら》け出してしまいそうだから、ドアには鍵をかけておいた。

「謹慎中でヒマだから遊びに来たぞ」

反省の色の欠片《かけら》もなく気楽なことを抜かしている。

「いないのか？　まあいいや……独り言でも喋ろ」

そんなセンパイの身体《からだ》がドアに擦《こす》れるような音も響く。

雰囲気から察するにドアの前に座ったと思われる。居座るつもりらしい。

「お前ってさ、ほんとに面倒で不器用で下手くそな後輩だよな」

夏梅センパイがうんざりした声音で話し始めた。

めちゃくちゃ失礼な発言を連発している。

「それが〝高梨冬莉〟って感じがする。生きるのが上手《うま》いお前はお前じゃなくて、不器用な人生なりに悩んで頑張ってるお前がいてくれるから……僕の人生も楽しい。いつも怒ってるような顔して誰かのことを優しく心配してる。たとえ自分が辛くても僕のことを支えてくれて、一番近くで静かに見続けてくれて、たまに辛辣な本音を叩《たた》きつけてくれる」

言葉が返せなかった。

いま喋ろうとすれば、涙が零《こぼ》れてしまいそうだったから。

「冬莉の素敵なところを順番に言っていこう。冬莉の匂いがついた可愛いタオルを貸してくれる。カッコつけて缶ジュースを投げ渡してくれる。からかうと赤面しながら怒るけど怒り顔も可愛い。髪型が中学から変わらない。猫と遊ぶときに顔が蕩《とろ》けているのを断固として認めようとしない。バスケのドリブルができずにオロオロするのが良い。体力がなくてヘロヘロになった顔が可愛い。タオルの匂いを嗅ぐと怒りながらタオルを掻《か》っ攫《さら》ってくる反応が好き。あとは〜」

「……ロクなところがないじゃないですか!!」

「なんだ、やっぱり部屋にいるじゃん」

恥ずかしいのと腹立たしいのが限界を迎え、我慢できずについツッコんでしまった……。

私が部屋にいるのなんて最初からわかってたくせに。

観念した私はドアの前に膝を抱えながら座る。

二人がドアを挟んで背中合わせのような状態になった。

「私のこと……よく覚えてるんですね」

「当たり前だろ。一番可愛がってる後輩だぞ」

センパイの言葉一つ一つに多幸感が満ち溢《あふ》れてくる。

まだ覚えている。センパイは私との思い出を忘れないでくれている。

こうやって他愛《たあい》のない喋《しゃべ》りをずっとしていたい。

私との思い出をずっと喋っていてほしい。

何年経《た》っても同じ思い出を語り続けて、私を照れさせたり怒らせたりしてほしい。

一番可愛がってる後輩、と何度も言ってほしい。

私を何度でもドキドキさせてほしい。

このままずっと片思いを悟られず、あなたのことをこっそり好きでいさせてほしい。

「冬莉が文化祭でピアノを弾いて大歓声をもらったら……その光景を僕は一生忘れないと思う。もしそうなったら何年経っても新しい話題みたいに話し続けるからな」

「……夏梅……センパイ……」

「明日、待ってる。もし大失敗して学校中の生徒がお前を否定したとしても、僕はお前のとなりにいる。お前が笑うまでくだらないことをずっと喋ってやるからな」

「……センパイがとなりでずっと喋ってくれるなら、大失敗でも悪くないかもしれません」

「まかせとけ。お前の恥ずかしい話をするけどな」

「……それはやめてください。怒りますよ」

「お前の怒り顔は可愛いから怒らせたい」

「……それに、何が『待ってる』ですか。当日も謹慎中のくせに」

「忘れてた。ダメじゃん」

お互いに小さく笑う。

「僕がいなくても学校はお前の敵ばかりじゃないよ。新しくできた元気な友達とか、友達になりきれなかった怠《だる》そうなやつもいる。あいつらもお前を、待ってる」

すぐに二人の顔が思い浮かんだ。

部屋にこもってから触っていなかったスマホを見る。

武藤さんからメッセージが届いていた。

【文化祭が終わったら打ち上げ行こうね！　カラオケアーサーで歌いまくりじゃ！】

文化祭が始まってもいないのに打ち上げを楽しみにしてるのが武藤さんらしい。

そのメッセージの下には写真もアップされていた。

武藤さんがスマホで自撮りしたと思われる構図。武藤さんに肩を組まれた堀田さんがウザそうな顔で写っていた。武藤さんが不意打ちで撮影したのだろう。

こんなのもう、自然に笑顔になってしまう。

私はもう一人じゃない。

こんな臆病な私を見捨てずに待ってくれている人たちがいる。

「自宅謹慎中だし反省文も書かなくちゃいけないから、そろそろ帰るよ」

ドアの向こうから立ち上がるような音が響いた。

「お前の父親に聞いたけど昨日からメシ食べてないんだろ？　コーヒーに合いそうなもの買ってきたから食べてくれ」

「……センパイ」

「なんだ？」

「……ありがとうございます」

「おう」

湿った涙声を悟られないよう短くお礼を言う。

驚くほど静かになり、ドアの前から夏梅センパイの存在感が消えた。

ゆっくりドアを開けるとビニール袋に入ったサンオレだけが置かれていた。千葉県のご当地タマゴサラダパン。これはコーヒーのお供にぴったりである。

「冬莉、コーヒーを淹《い》れたんだけど……飲むかい？」

姿は見えないものの、一階からお父さんが控えめな声量で呼ぶ。

なるほど。センパイとの巧みな連係プレイだ。

「親が参加する学校行事とかも……俺は仕事を理由に欠席してたよね。父親を放棄していた俺は冬莉のことを何も知らない……いまさら父親面しようとしたところで、こういうときに力になってあげられない」

お父さんは許しを請うような声音で、そう話す。

生まれてから現在までの私たちは親子という名の他人も同然だった。

「俺が淹れたコーヒーを冬莉が飲んでくれないのはわかってる。父親らしいことなんて何一つできなかったけど……いまもできていないけど、父親として頼りにされるようにもっと頑張っていくから。まずはここから……お前のお母さんが淹れたコーヒーの味を目指すところから始めさせてくれないか！」

ここからまた、私たちは本当の親子になれるのだろうか。

部屋から出た私はゆっくりと階段を下り、瞳を伏せたお父さんと相対する。

「……文化祭」

「えっ？」

「……父親らしく文化祭を見に来てくれるなら、お父さんが淹れたコーヒーをたまに飲んでもいいです」

そう小声で言いながら、お父さんの横を通り過ぎる。

「……ああ！　絶対に見に行く！　めちゃくちゃ綺麗《きれい》なスーツを新調したら髭《ひげ》も全部剃《そ》って、お前の名前を刺繍《ししゅう》した横断幕やハチマキも作って、ライブの観客が振るような光る棒も買っておく！」　恥ずかしくないようなお父さんになって見に行くから！」

「……逆に恥ずかしいです！　「なんことしたら絶交ですから！」

「ええっ⁉　どうして⁉」

テンションが空回りしたお父さんに呆《あき》れつつも……私は笑う。

ここから始まる。

私たちは仲良しではないけど、始めていける。

そして、お父さんが淹れてくれたスノートップのコーヒーに初めて口をつけた。

「……お母さんが淹れた味とは全然違います」

「そ、そっか……そうだよね」

「……でも、そこそこ美味《おい》しい」

不安そうだったお父さんの顔がみるみるうちに明るくなっていく。

いまこの瞬間が再スタート。

まだまだぎこちないけれど、私たちは時間をかけて〝親子〟になっていける。

そんな予感がした。

＊＊＊＊＊

文化祭当日。早朝に起床したもののパジャマ姿のままで未《いま》だにうだうだと悩み、どうにか重い腰を上げて家を出たときには十一時近く。

出番の時間まで約一時間半となっていた。

リハーサルの日以来ぶりに登校するのだが、学校が近づいてくると憂鬱が充満してくる。帰りたい。自転車のペダルがやけに重く、踏み出す足が上手《うま》く動かない。

クラスメイトや運営の人たちにあんな醜態を晒《さら》した。どの面を下げて会えばいいのかわからず、怖い。そこはかとない恐怖心が私を後ろに押し戻そうとする。

いつもの通学路なのにとてつもなく遠く感じる。

引き返したい。思考回路はUターンで埋め尽くされていた。

今日はセンパイが近くにいない。

私のせいで謹慎になってしまったから励ましの声が届かない。勇気をもらえない。

今日という日を一人で乗り越えられるイメージが、まったく湧かなかった。

私は一人では頑張れない。どうにもならない。

けれど、こんな私でも信じて待ってくれてる人がいる。

その人たちを裏切るほうが、嫌だった。

だから学校には来てみたのだけど……自分には明らかに場違いな雰囲気になっていた。

同じ学校の生徒だけではなく他校の中高生や子供、幅広い年齢層の大人も入り交じった人混みが敷地を埋め尽くしている。

生徒が切り盛りする模擬店も多数立ち並び、中にはお客さんが順番待ちの列を作っている店もあった。焼きそばやたこ焼きの匂いは空腹を誘い、クレープなどの甘い物には女子の輪ができている。楽しそうな声が四方八方から花咲いていた。

大きなイベントだ。私には無縁なお祭り行事だ。

「……帰ろうかな」

校門付近で棒立ちしながら圧倒され、駐輪場のほうへ戻ろうと踵《きびす》を返した。

「高梨さん発見！　確保ぉおおおおおおおおおおおおおおおおお！」

「……!?」

背後から腰のあたりに勢いよく抱き着かれ、心臓が飛び出そうなくらいビビる！

「もお～っ！　何度もメッセージ送ったのにスルーされたから心配してたんだよ～っ！」

「……す、すみません。スマホをあまり見てなかったので」

私の腰に顔を擦《こす》りつけながら騒いでいるのは武藤さん。

どうやら私が返信しなかったのを心配して探していたようだ。

「……で、そろそろ放してくれませんか？」

武藤さんはいつまでも私に抱き着いている。振り払えないほど力強い。

「高梨さんが逃げないように確保してる！」

「……逃げません」

「いま、帰ろうとしてなかった～？」

怪しまれている。帰ろうとしてました。

「そういえば武藤さん……骨折してるのでは？」

「ちょっと抱き着くくらいならたぶん大丈夫！」

「……恥ずかしいので放れてください」

「高梨さん……腰回りが細くて羨ましい！　足も細い！　筋トレしてる⁉」

「……セクハラやめてください！」

この人、抱き着いてるのをいいことに腰や太ももの裏を触ってくる！

これが女子高生のスキンシップ⁉　高梨冬莉の知らない世界だよ……。

「午後の部までは少し時間が空いてるから～一緒に模擬店を回ろう！」

「……えっ、えっ、ええ……？」

いきなりすぎて戸惑う私などお構いなし。

声を弾ませた武藤さんが私の腕をがっしりと掴《つか》み、模擬店エリアのほうへ歩き出した。

少しだけ救われた気がした。

後ろ向きの思考でだらだらと悩む隙を与えてくれないのが、逆に助かった。

「それで……どうしてワタシも呼ばれたんですかねー。クソ忙しいんですけどー」

「え～、いいじゃん！　実行委員長とはいえホマキも少しくらい遊んでもいいでしょ？　働きすぎるのはブラック！　トップが休まないと部下も休めないでしょ！　トップが自ら働き方改革しなきゃでしょ！」

「あーあー、うるせえ。はいはい、模擬店が真面目に営業してるのか見回るついでだったらいいですよー」

昇降口の前で合流したのは堀田さん。

堀田さんも『仕方なく』といった様子なので武藤さんの勢いに根負けしたと思われる。

なんだかんだで断れないのは武藤さんの素直な人柄のおかげなのかもしれない。

武藤さんは誰とでも打ち解けられる。

私と真逆の人種だから他人に好かれるのだ。

「どうもー」

堀田さんが目を逸《そ》らしながら会釈してくれたので私も反射的に会釈を返す。

相当な気まずさ……もし武藤さんがいなかったら地獄の空気になっていたかも。

「……思ったんですけど、どうして堀田さんと私なんですか？」

「ホマキと高梨さんってオナ中でしょ～っ？　なんとなく相性良いかなって～っ！」

お、オナ中⁉

「……ち、違います！　私ってどういうイメージなんですか⁉」

「え～っ？　ホマキから同じ中学って聞いてたけどな～？」

「……あ、ああ……そうですね。いちおう……同じ中学です」

同じ中学の略だったんだ……！

変な勘違いをして取り乱しかけた自分が猛烈に恥ずかしい。瞬時に耳まで熱くなる。

「こんなところで立ち話してるくらいなら仕事に戻りたいんだけどー」

「も～っ、仕事仕事って～肩がこっちゃうぞ～っ！　さあ、遊ぼうね～っ！」

「うざー、勝手に揉《も》むなー。おめー腕を骨折してるでしょーがー」

ニコニコと笑う武藤さんが堀田さんの肩を後ろから揉み、ウザがられていた。可愛《かわい》い女子高生のイチャイチャ……なんか凄《すご》い。

さっさと歩き出した堀田さんのあとを早歩きで追いかける武藤さん。

その二人を私は突っ立ったまま眺めていただけだったが、

「高梨さんもボーっとしてないで！　早く行こっ♪」

笑顔の武藤さんに急《せ》かされ、目立たないように二人のあとを追いかけた。

校舎内はこの学校の制服を着た生徒が多く、廊下を歩いているだけで擦れ違う。

私は顔を伏せるようにしていた。

会話している生徒が視界に入るたび、私の悪口を囁《ささや》かれている気持ちになる。通り過ぎる瞬間に刺さる視線に悪意があるように思え、弱った心をじくじくと削ってくる。

「めちゃくちゃお腹《なか》減った〜っ！　高梨兄のクラスって喫茶店だったよね〜？」

「………」

「高梨さん？」

「……あっ、えっ……なんですか？」

「いやそこは『あの人はお兄ちゃんじゃありません！』ってツッコむところでしょ〜っ！」

武藤さんは良かれと思って盛り上げてくれているのに、私はどこか上の空だった。

喫茶店がある三年の教室に入る。

夏梅センパイのクラスだけど謹慎中なので当然ながら姿は見当たらない。

「夏梅のやつ、他の生徒をぶん殴って謹慎とかおもしろすぎるだろ」

「おかげで調理係が一人減って大変だけどな！　あの野郎、迷惑かけたぶん学校に戻ってきたらメシでも奢《おご》らせてやろうぜ」

お昼時だからかテーブルの八割ほどはお客さんで埋まっており、センパイのクラスメイト数人が愚痴を漏らしつつも調理と接客を熟《こな》していた。

「あのー、女子の皆さん。もうちょっとやる気出してくれません？　オレたちと一緒に楽しく模擬店をやりましょうよ！」

「白濱《しらはま》くんがいないとやる気でないっていうかー、アンタらみたいな非モテ男子と文化祭を過ごしてテンションが上がる女子マジでゼロ人説でしょ」

「女子は夏梅の甘いマスクに騙《だま》されてるんだよ！　あいつはイケメンだけど恋愛面ではヘタレの情けない男だからな！　初恋拗《こじ》らせ男だからな！　お前らなんか眼中にねーわ！」

「えー、そういうところが純情で素敵じゃーん。バスケしてるところとかカッコいいし」

「男は顔より中身だろーがよー！」

「中身もアンタら男子よりカッコいいって言ってんのがわかんないかなあ？」

モチベ低下気味の女子と、文化祭で女子との絡みを増やしたい男子がくだらないことで揉めている。この場に本人がいないから、なおさら白熱しているのかな。

夏梅センパイって意外と女子人気高いんだ……とか、普段なら感心するんだろうけど今日はそんな余裕もなかった。

「はーい、抜き打ちの模擬店チェックでーす。接客や味を確かめまーす」

堀田さんがそう言いながら入室すると「ホマキが来たぞ！」「めちゃくちゃ美味《おい》しいの作らないと！」みたいに浮き足立つ。

チェーン店を巡回しているスーパーバイザーか何かなのかな。

堀田さんのカリスマ性はともかく、やはり周囲の視線が気になって萎縮してしまう。

誰かの笑い声が聞こえると肩が震える。

リハのときに茶化《ちゃか》しにきた人たちみたいに中学の私を知っている人が言いふらしていたら……あるいはリハの無様な姿を話題のネタとして笑いあっていたら。

被害妄想かもしれない。実際に悪意を投げつけられてるのかもしれない。

同じだ。中学三年のころと。

合唱コンクール以降、しばらくは心無いことを陰で囁かれたり半笑いの顔を向けられていた光景が脳裏をチラつく。

高校では人間関係の大半がリセットされ、夏梅センパイや春瑠センパイと忙しく楽しい日々を過ごすようになったため忘れていただけ。陽炎《かげろう》の夏はとっくに過ぎ去っていても、やはりまだ……あのトラウマを完全には克服できていないらしい。

今回も参加すると自分で決めたくせに、リハーサルで醜態を晒してしまった。

こうなることなんて必然だったじゃないか。

「ねえねえ、高梨さんは何を食べる……って、大丈夫？　顔色悪くない？」

俯《うつむ》き加減だった私の顔を心配そうに覗《のぞ》き込んでくる武藤さん。

「……すみません。ちょっとお手洗いに行ってきます」

精神的に落ちかけていたので一時的に離脱する。

近くのお手洗いに避難し、深い息を吐きながら個室にこもっていたら……手洗い場の鏡で身嗜《みだしな》みを整えていると思われる数人の女生徒が話す声が響く。

「武藤さんのグループ、合唱できるのかな？」

「あー、ピアノの子がヤジ飛ばされたから泣きだした挙句に乱闘騒ぎがあったらしいよね」

「たぶん無理なんじゃない？　リハの一件で参加を辞退した人が結構いるらしいし」

「ピアノの子、中学でも演奏を拒否したらしいからね。今日もやらかすに一票」

「ハプニング目当てに見に行ってみようかな？　そもそも参加しないかもだけど」

その場にいない人の陰口はさぞかし楽しいだろう。

小ばかにした笑い声が鋭利な凶器となって切り刻んでくる。その人たちがトイレから出ていったのを見計い、個室から出た私は喫茶店の教室へ戻ろうとする。しかし、教室の前で足が止まってしまう。

武藤さんのもとにクラスメイトが三人ほど集って話しかけていたから。

「今日のステージ発表、ほんとに参加するの……？」

「もちろん！　あなたたちを含めて合唱メンバーは十五人も残ってるから一曲くらいは歌えるでしょ〜っ！」

「でも……またリハーサルみたいなことになったら大勢の前で恥をかくだけだよ？」

乗り気の武藤さんに対し、そのクラスメイト三人は及び腰になっていた。

「リハのときは冷やかしのウザい連中が来たからでしょ！　ちゃんとした観客の前だったら高梨さんも……！」

「リハのときとは比べものにならないくらいの人が見に来るんだよ？　リハの一件をおもしろがってる人も結構いるみたいだし……正直、参加するメリットが見当たらない。恥をかきたくないからさ」

クラスメイトのほうが正論だ。

ステージ発表をすることに大きなメリットはない。とにかく目立ちたい、大勢から褒められたい、思い出を作りたい……文化祭のステージに立つ理由はそんなところである。

失敗する可能性が限りなく高いというリスクを背負って参加するほどではない。

「ぐだぐだになって笑われたくないし……もはやモチベーションが高い人のほうが少ない。

わたしたちは参加しないことにしたから武藤さんたち残りのメンバーでがんばって」

どうにか引き留めようとする武藤さんだったが、クラスメイト三人は参加を辞退する意思を変えなかった。

「モチベが下がってる人を無理やり歌わせても大した合唱ができないだろうし、仕方ないよね……。ごめん、わたしが怪我《けが》したせいでグダグダになっちゃって……」

苦笑しながら謝罪する武藤さんを目の当たりにし、胸の奥が痛みで締めあげられる。

……私のせいでグループがバラバラになっていく。

その様をまざまざと目撃し、居ても立ってもいられなくなった私はその場から逃げ出した。がんばろうと思ったのに結局は弱くて耐えられなかった。

夏梅センパイが近くにいないと……こんなにも心細いなんて。

自転車も使わず全速力で逃げ出し、気がつけば太田山《おおだやま》公園に駆け込んでいた。

「はあ……はあ……ぜえ……はっ……」

息が苦しい。両ひざに手をつきながら激しい呼吸を繰り返す。

二年ぶりに訪れた場所。

中学時代に堀田さんと最後にここで会った日が、前回来た最後の記憶だった。

夏梅センパイの思い出に残ってほしいから、私は武藤さんの代役を引き受けた。

二年前の合唱コンクールで負ったトラウマよりも今回膨れ上がった前向きな衝動のほう

が僅かに上回り、センパイが背中を押してくれたのが決定打となって決断できたのだ。

その人はいない。私のせいで文化祭には来られない。

文化祭でピアノを弾く〝意味〟がない。

高梨冬莉という人間は中学時代から何一つ変わってないのだ。

最低な自分勝手だ。武藤さんたちには私の事情なんて一切関係ないのに、私を信じて代役を託してくれた彼女たちまで裏切ろうとしている……自分が嫌いだ。

友達みたいに接してくれた人たちを、私はまた――


「学校にも来ないで何してるのー？」

どこかで聞いた覚えのある台詞《せりふ》。

声がしたほうへ振り返ると、軽く息を切らした堀田さんがいた。

私が走り去ったことに気づき、追いかけてきたようだ。

「……戸田《とだ》さんと同じような心境だと思います。学校に行く意味が見出《みいだ》せないからサボっています」

「戸田じゃなくて堀田だよー。クラスメイトの名前くらい覚えろよー」

二年前にここで会ったときとまったく同じやり取りが自然に引き出される。

「……いまはもうクラスメイトじゃないです」

「そうだったー。友達でもなければクラスメイトでもない他人だったー」

私と堀田さんの関係が振り出しに戻っているからだろう。違和感はあまりない。

「午後の部、もうすぐ始まるよー。こんなところでサボってる時間ないでしょー」

「……堀田さんこそ運営で忙しいはずなのに……サボってる時間はないですよね」

「ブラックとか働きかた改革とか言い出したのは武藤さんだしー。それに、思い通りに動いてくれない人がいるからストレスが溜《た》まっちゃってさー」

堀田さんは怠《だる》そうに嘆きつつ、当てつけのように私をじっと見据えてくる。

「冬莉さんが文化祭に参加するわけないと思ってたのにさー、武藤さんが転んで怪我をしてから想定外のほうに進んでいった。ほんとにダルいからさー悩みの種を増やすなよー」

「……すみません」

「そもそも悪いのは派手に転んだ武藤さんなんだけどさー、二年前のことがありながら代役をやると決めたのは冬莉さんだから別に同情はしてやらない」

私の罪悪感を見透かしながらも堀田さんは自らが抱いている苛立《いらだ》ちを吐露し、上辺だけの優しい言葉は決して織り交ぜない。

「二年前、ワタシは冬莉さんを助けられなかった。今回こそはリスクから遠ざけようとしたけど結局はこうなった。でも……文化祭はまだ終わってないよー」

「……終わったも同然じゃないですか」

「ふざけないで。どうして投げやりになってるのかわからないけど、貴女《あなた》がやるべきことはまだ残ってる。ピアノで観客を楽しませるっていう責任があるからねー」

ゆっくりとこちらに歩み寄ってきた堀田さんの口調が強くなっていく。

「弱すぎる貴女を見放さずに近くにいてくれる白濱先輩、武藤さん……そして――」

距離を詰めて間近に迫ってきた堀田さんが、私の両肩を強く握り……

「ワタシを未《いま》だに期待させてる責任、とって」

私の瞳を強く見詰めながら、そう言い放った。

期待してくれている……？　堀田さんが、私に？

二年前に堀田さんが準備した合唱コンクールを台無しにした張本人に、いまも――

「……そんなわけない。堀田さんが……そんなわけ……」

「あーもうイラつく!!　冬莉さんの音に惚《ほ》れたから二年前に声かけたんでしょ！　冬莉さんが舞台の上でピアノを弾いてるところが見たいから！　ワタシは！」

「……堀田……さん……」

「白濱先輩にはできてワタシにはできなかった!!　ワタシは冬莉さんに心を許してもらうことができずに……貴女のことを何も教えてもらえなかった!!　貴女がピアノを弾く〝意味〟になれなかった!!　それがムカつく!!」

こんなに声を荒らげる堀田さんを初めて見た。

爆発した感情で叫ぶ彼女を、ただただ受け止めることしかできなかった。

「だから白濱先輩が嫌い！　もしかしたらワタシも冬莉さんにとっての白濱先輩みたいになれたかもしれないって後悔させられるから！　ワタシが白濱先輩だったら冬莉さんは傷を負わなかったんじゃないかって……白濱先輩を見るたびに何度も思わされるから!!」

気づかなかった。堀田さんが二年前から抱えていた後悔に。

似たような行動をする夏梅センパイと自分自身を比べて自己嫌悪に陥っていたことを。

私は、知らなかったんだ。

「白濱先輩の存在は冬莉さんがピアノを弾く理由になってたのに、ワタシにできるのはピアノを弾く機会を奪おうとすることだけ。ワタシと白濱先輩は似ているようで本質は正反対だから、ワタシは貴女の友達になれなかったのかもねー」

「……ごめん……気づかなくて……ごめん……」

「ワタシは謝ってほしいんじゃない」

目を伏せた力無い謝罪など堀田さんは最初から求めていなかった。

「今日一日だけ、ワタシと友達になって」

「……えっ？」

「白濱先輩がいないなら……ワタシがあの人の代わりになる。今日の貴女がピアノを弾く

〝意味〟は友達の堀田マキナを喜ばせて感動させること。二年前の未練を晴らさせてよ」

二年前には友達になれなかった。

友達になりきれないまま関係が途切れてしまった。

それが私の後悔、そして堀田さんの未練。

「今日だけでいい。ワタシのために、ピアノを弾いて」

文化祭でピアノを弾く意味は、友達の堀田さんに喜んでほしいから。

それは、二年前の続き。

「まあ、ついでに武藤さんのためにも弾いてあげてねー」

「……武藤さん、ついで扱い!?」

「あの人はとっくに冬莉さんの友達でしょー？　今日だけ友達のワタシと違って、あんなに能天気で良い人はいないから大切にすることだねー」

武藤さんが私を『友達』だと思ってくれているのかはわからない。

けれど、もし……友達だと思ってもらえるのなら。

「……弾きたい！　私は……友達のために！　友達に喜んでほしいから！」

芽生えた素直な感情を、私も遠慮なく叩《たた》きつけよう。

ここで私のスマホが鳴った。

『――ちょっと高梨さん⁉　どこにいるの⁉　トイレから戻ってこないから心配したんだけどお腹《なか》でも壊したの⁉　ホマキにもバックれられたよ⁉　なにこれ⁉』

電話の相手はめちゃくちゃ焦った声の武藤さんからだった。

その大声が電話口から漏れていたらしく、堀田さんも呆《あき》れたように笑う。

「武藤さんがうるさいから学校に戻ろうかー、冬莉」

聞き逃さない。友達っぽく呼び捨てにされたのを。

「……うん、行きましょう。堀田さん」

不満そうな顔をされる。

「……ほ、ホマキさん」

「あだ名かよー。急に距離詰めすぎでしょー。まあいいけどさー」

なんだかんだで許してくれたらしい。

「さん、もいらないからー。ホマキ、でいいよー」

それではお言葉に甘える。ちょっと照れ臭いけど……

「……行きましょう、ホマキ」

「早く学校に戻るよー、冬莉」

いまからどうするかなんて細かいことは学校に戻ったら考えればいい。今日限定の友達になった私たちは青春映画のワンシーンにありがちな全力疾走で坂を下っていった。

体力がないのですぐに息があがろうとも、ここで止まるわけにはいかない。

脚の悲鳴を無視し続けながら前進していく。

様々な出店が立ち並ぶ学校の敷地内を駆ける。

行き交う来場者や生徒が壁になり、なかなか思うように走れない。

息苦しい。体力はもう尽きかけている。

ピアノは弾けたとしても一曲が限界かもしれない。

それでも、弾きたい。

夏梅センパイが、武藤さんが、ホマキが、それを望むなら今度こそ——

現在時刻は十二時半。校内にアナウンスが流れ、ステージ発表の午後の部がもうじき始まる雰囲気になってきた。校舎には入らず、渡り廊下に隣接した中庭を突っ切る。

「高梨さん！　もお〜っ！　トイレ長すぎ〜！　便秘？　便秘ってつらいよね〜！」

渡り廊下に差し掛かったあたりで武藤さんと合流した。周囲に大勢の人がいる中、めちゃくちゃ大きい声で「トイレ」とか「便秘」と口走っているから恥ずかしい！

「……合唱に参加する他の皆さんは……？」

「ごめん！　やっぱりみんなのモチベーションを回復させるのが難しくてさ、そんな状態でステージに上がってもお客さんをガッカリさせるだけだろうって。ホマキと話して急遽《きゅうきょ》だけど参加を取りやめることになっちゃった」

武藤さんは両手を合わせながら謝罪する。

「……そう、ですか。やっぱり……そうなりますよね」

「ごめん……わたしの力不足で！　高梨さんは何も悪くないから！」

「コンビニにアイスを買いに行ってコケて骨を折った誰かさんが一番悪いですよー」

「ホマキ性格悪すぎぃ！　わたしが気にしてることを丁寧に説明する必要ないじゃん！」

ホマキがねちねちと責め、武藤さんが涙目になっていた。微笑《ほほえ》ましい関係だ。

「……でも、それならどうしてホマキは私を呼び戻しにきたんですか？」

落胆しかけたが、いまいち状況が把握できずに混乱している。

辞退したのならステージ発表自体に参加できず、私が戻ってきたところで何もすることはない。辞退を承認したホマキがわざわざ連れ戻しにくる必要はないはずだ。

「運営側としては本当に大迷惑。午後の部の一時間前にドタキャンされても代わりの人なんて見つからないし、かといってプログラムに穴を開けるわけにはいかないからさー」

ホマキはぶつぶつと文句を呟《つぶや》きながらも私のほうをじっと見る。

「空白になった五分間、冬莉が埋めて」

「……えっ？　えっ？」

ホマキの言っている意味がよくわからない。

「白濱先輩が立案したんだよー。もし合唱ができなくなったときはプランBとして冬莉にソロでピアノを弾かせてほしいって。ワタシも先日の体育館で部活中にピアノを弾いていた冬莉を見たから、ちょっと期待しちゃったんだよねー」

　私一人で舞台に上がり、ピアノを演奏する……？

　いきなりの無茶《むちゃ》ぶりに理解が追いつかないまま、私は呆《ほう》けていた。

　先日の出来事が脳裏を過《よぎ》る。

　文化祭への参加を決断したとき、連絡先を知らなかった武藤さんをおびき寄せるために部活中の体育館で演奏した。弾き始めの瞬間はこちらを見ている人はほとんどおらず、皆部活に集中していた。だからなのか最後まで弾き切ることができたのかもしれない。

「……先日の一件はゲリラ的で……誰も注目してなかったからできたんです！」

「冬莉のピアノなんて最初は誰も注目しないから、好き勝手に弾いて。あとは観客のほうが勝手に魅了されるだけだからー」

「……む、無理です。過大評価です」

「過大評価じゃないよー。運動部員が部活を忘れて聴き入ってたのは冬莉の力。それは現場にいたワタシたちがよく知ってる」

　弱気な気持ちと期待に応えたい気持ちが混ざり合う。

「高梨さん！　もし失敗したとしてもわたしたちが〝友達〟っていうのは変わらないから思いっきり弾いてきて！　成功しても失敗しても打ち上げしよう！」

「……武藤さん」

生まれて初めて打ち上げに誘われた。

どういうイベントなのかはわからないけど、打ち上げ……したいな。

「白濱先輩から伝言でーす」

――冬莉はもう一人なんかじゃないだろ。

ホマキから伝えられた夏梅センパイの言葉。

大切なお母さんはもういないけど、もし失敗したとしても一人にはならない。恥をかいたとしても普段通りのノリで出迎えてくれる人たちがいる。

「そういえば冬莉のお父さんらしき人も体育館に来てたよー。パンフレットを見ながら『娘が出演するステージはこの場所で合ってるかどうか』をワタシに聞いてきたー」

お父さんはこの学校に来るのが初めてだから、実行委員の腕章をつけたホマキに念のため確認したのだろう。

センパイがいる。友達がいる。お父さんもいる。

それが足を前へ踏み出すための原動力となる。

まだ怖いけど、今度は逃げ出さない。

『──おまたせしました！　続きましてはステージ発表・午後の部です！』

ＭＣの生徒がマイクを通じて観客を煽《あお》る声が体育館から漏れてくる。

渡り廊下を通り過ぎていく人や体育館の出入り口から入っていく人。体育館の人口密度は顕著に上がり始め、敷き詰められたパイプ椅子が観客でどんどん埋まっていった。

「ここからは高梨冬莉の一人演奏会だからね。五分間で貴女《あなた》の世界に誘《いざな》ってくださーい」

ホマキに送り出され、私は最後方の出入り口から体育館に足を踏み入れた。

皆ステージのほうを注視しており、背後から歩いてきた私の存在に気づく様子はない。

閉じられていた暗幕が上がっていく。

高鳴っていく心臓。観客席のパイプ椅子は左右に配置され、ステージへ続く一本道が真ん中を突っ切るようにできている。

そこを静かに歩いていくと、気配を察した観客が左右から視線を投げてくる。

背中に無数の視線が突き刺さっていく。

気にしない。意識しない。

ステージに架けられた低い階段を一段ずつ上がり、私の足音が木霊する。

ステージの中央に置かれたグランドピアノに近づき、椅子に腰を下ろす。体育館の隅っこにあったものだろう。表面の傷や椅子の座り心地が同じだ。

プログラムには合唱と記載しているはずなのに私以外の生徒が登壇してこないため、会場がざわついてきた。

手元を暖色に染めるダウンライト。軽く息を吐いた私が鍵盤に指を置いた……そのとき、観客席からの雑音が耳に捻《ね》じ込《こ》まれる。

「あの子じゃねえ？　リハで泣きだしたっていう」

「グループに見放されたのかな？　一人でステージに上がらされるとか罰ゲームかよ」

「中学での噂《うわさ》ってほんと？　誰か同じ中学のやついないの？」

現実が甘くないのはわかっていた。

雑音が届く前に自分の世界へ入ろうと思ったのに、予想以上に気づかれるのが早い。

リハーサルの一件で悪い意味の目立ちかたをしてしまった影響が濃く、冷やかしの野次《やじ》馬《うま》も混ざっているようだ。

同じ中学だった人もたぶん来ている。

合唱を辞退したクラスメイト数人も怖いもの見たさで体育館に姿を現している。

ここにいる皆、嘲笑の眼差《まなざ》しに思えてくる。

広大な体育館にいる人間の視線が一気に注がれ、私を滅多《めった》刺しにする。

スマホのカメラを向けられる。私の噂を知っている人は耳打ちしたり小声で話し始め、それが私の耳にも次々と入ってくる。

指が動かない。

息ができない。

ペダルにかけた足先の震えが収まらない。

頭の中にあったメロディが真っ白に塗り潰されていく。

「高梨さん！」

「こうなったら難しいかもねー……」

武藤さんとホマキが舞台袖で不安そうにしている。

二人の声はくぐもって聞こえづらい。

ざわつきが次第に大きくなっていく。

ここにいる誰もが失敗を予想する。実行委員や大勢の生徒が数ヵ月もかけてせっかく準備してきたイベントを台無しにしてしまう。

また繰り返してしまう。

私の世界から色が消えていく。

二年前の映像と重なっていく。

私は文化祭に参加したいからピアノを弾きたかったんじゃない。

夏梅センパイに見てほしかったから。

夏梅センパイの思い出に刻まれ、いつまでも思い出話のネタにしてほしかったから。

不可思議な季節が訪れても、夏梅センパイに忘れないでほしかったから。

私がピアノを弾く〝意味〟は、夏梅センパイの笑顔が見たいから。
私が俯《うつむ》きながら硬直して一分は経《た》っただろうか。

「……夏梅……センパイ……」

無意識に、その名が零《こぼ》れた。

「冬莉!!」

気のせいだろうか。
私の名を叫ぶ声は、ここにいるはずのない人。
ほんとは家で大人しくしていないとダメな状況なのに、なぜだろう。
最後方の出入り口から駆け込んできた誰かが、私の名を大声で呼んだ。

「初めて出会ったころからずっと、僕はお前の音が大好きだ!」
夏梅センパイが、そこにいた。

異変に気づいた教師に肩を摑《つか》まれて制止をかけられながらも、それに抗《あらが》っていた。

なぜか実行委員の腕章をつけている。たぶん、ステージ発表の運営を装って体育館に近付きやすくするためにホマキと結託し、彼女がセンパイの侵入を手引きしたのだろう。

「だから、文化祭でも僕のために弾いてほしい！　冬莉のピアノが大好きな僕のために！覚えてるから！　ずっと忘れないから！」


忘れないでほしい。

今日、この日のことをずっと覚えていてほしい。

センパイが大好きな私の音を、センパイに届けるから。

だから、私の一番近くで聴いていてください。

「こんな雑音、高梨さんなら吹き飛ばせるよ！」

武藤さんがそう励ましてくれる。

世界の色が戻っていく。

不快な雑音が消えていく。

「二年前に聴かせてくれなかった冬莉の音、今度こそ聴かせてよ」

ホマキが微笑《ほほえ》んでいる。

いつの間にか足の震えも止まり、呼吸も楽になっていた。

できる。今なら私だけの音を、伝えられる。

指先が鍵盤に沈んでいく。

軽い。人生で最も腕が軽い瞬間だ。

理由は単純。大好きな人たちに応援されたから。

名前も知らない人たちの雑音なんて、大好きな人たちの声援が掻《か》き消《け》してくれる。

――すぐに黙らせてやる。

ふざけた眼差しで舐《ねぶ》ってくる観客を、不気味なほどに黙らせてやる。

指先が軽快に動き回り、腕が跳ねる。

腕が跳ねるたびに音もリズミカルに跳ねる。

身体《からだ》が浮いたような感覚。

ふわふわと肩が上下に揺れ、音に力強さが宿っていく。

これもお母さんが好きだった曲。

よく弾いてくれていた曲だから私も大好きな曲。

私が生まれる前の曲なので若い人に向けた選曲ではないけれど、他の歌手にカバーされたりアニメ映画の主題歌にもなっている。知ってる人もいるかもしれない。

大江千里《おおえせんり》・Rain

鍵盤へ静かに沈む両指で作り出す音がさらに織り重なっていく。
戸惑っていた観客の顔が驚きに変わり、やがて視線が熱を帯びてくる。
へらへらと喋《しゃべ》っていた口が閉じ、私の音へ耳を傾けている。
後方の席にお父さんもいた。
圧倒されたように口を半開きにしたまま、娘の私をじっと見てくれている。
出入り口や窓から吹き込んでくる暖かい風と一緒に音を感じているのかもしれない。
体育館から漏れる音に誘われてきた観客の数は数えきれない。
中庭からも続々と流れ込み、体育館の人口密度はとんでもないことになっている。
しっとりとした曲調が徐々に変化し、サビに差し掛かる。
一つ一つの音が綺麗《きれい》に粒立っていく。
手が跳ねる。音が跳ねる。踊る。音も軽快に踊り出す。
観客の心に直接届ける。叩《たた》き込《こ》む。
私の音に浸らせる。
模擬店のお客さんを体育館へ根こそぎ奪っても構わない。許してほしい。
浴びて。貫かれて。浸って。
大好きな人たちのために弾く、私の音に——酔いしれて。

お母さん見てますか？
お母さんが見たかった景色を見せられていますか？
お母さんに教えてもらった音を、大好きな人たちのために聴かせるから。
もうお母さんに心配かけないよう、これからがんばっていくから。
だから今日はそのまま聴いていて。

体育館のステージ上はトラウマを植えつけられた場所じゃなくなった。
五分間だけ開催されるコンサート会場。
主役の高梨冬莉がみんなの心を躍らせて鷲摑《わしづか》みにする場所だ。

アウトロを弾き終え、最後の音が静かに消滅していく。
持ち時間の五分はあっという間だった。
弾き終えた直後に包まれるのは、不気味すぎる沈黙。
そして……疎《まば》らな拍手が咲き、一斉に破裂した拍手が会場に響き渡った。
体感時間は一瞬だけど、拍手は長く続いていた。
立ち上がって深々とお辞儀すると、分厚く重なっていた拍手がもっと大きくなった。
身震いが止まらない。

感動による痺《しび》れが身体中《からだじゅう》に伝わっていく。

二年前の自分はどこにもいなかった。

最高の思い出によって上書きすることができたから。

体育館の最後方ではセンパイが教師にかなり怒られていた。

自宅謹慎中のくせに学校に来た夏梅センパイは教師に捕まり連れていかれるところだったので、私は苦笑いしながらそのまま見送った。

「あー、謎の侵入者を手引きしたせいで教師どもにワタシまでしこたま怒られたー。後日また説教だってさー、だるー。あの謹慎野郎に今度はなにを奢《おご》らせてやろうかなー」

演奏後。体育館から出た私に歩み寄ってきたホマキが目を細め、恨み言を並べながらも少しだけ安心したような笑顔を見せてくれた。

あと、センパイのついでにしこたま叱られたらしい。申し訳なさすぎる。

「……ごめん。ありがとう」

「いーや、実行委員長としてステージ発表を大成功させたかっただけー。これも仕事のうちで特別な意図は何もないからねー」

ホマキはあっさりとそう答え、お役御免と言わんばかりに実行委員の仕事へ戻ろうとする。ホマキが動いてくれたおかげでソロコンサートが実現した。

中学のころからホマキに心配をかけ、お世話になりっぱなしだ。

「……ホマキ！」

「なにー？」

私が引き止めると、ホマキは振り返らずに立ち止まる。

「……友達……今日で終わらせなきゃいけないんでしょうか？」

「そういう予定だったはずだけどー？」

「……今度こそ……ちゃんとした友達になれませんか？」

今だからこそ言える。

友達になりきれなかった関係から歩み寄り、もう一度やり直したいから。

「いーや、ワタシたちは友達にならないほうがいいよー。手を伸ばしたら少しだけ指先が届くような距離感が……ワタシたちにはお似合いなんじゃないかなー」

サバサバした脱力系ギャルの彼女らしい返事だった。

ホマキがそう言うのなら……と諦めかけたが、

「でも……冬莉が学校をサボるときは付き合ってあげてもいいけどねー」

こちらへ振り返ったホマキは後頭部を掻きむしりながら、バツが悪そうに視線を逸《そ》らす。

乗り気じゃないように見えるけど、たぶんそうじゃない。

これは……面倒な彼女なりの照れ隠しなんじゃないかと、私は思うんだ。

最終章　いちばん仲良しの後輩

文化祭が終わったあとに待っているのは後夜祭。

グラウンドの特設ステージはダンスパフォーマンスや軽音部のライブ、カラオケ大会、クイズ大会などでかなり盛り上がっており、後夜祭の終盤に差し掛かったころにはキャンプファイヤーを囲んでのフォークダンスも行われていた。

こういうバカ騒ぎのノリが苦手な私はこっそり帰ろうとしたけど、雰囲気に酔ったテンション最高潮の武藤《むとう》さんに捕まってしまう。

私は仕方なくという顔をしていたものの、意外と楽しい。ダンスやバンドを観賞しながら手を振ったりしちゃったし、武藤さんたちのグループ数人と後夜祭を満喫してしまった。

『――そういえばステージ発表のピアノ演奏、めっちゃ良かったよなぁ！　もしこの場にいたら一曲弾いてくれないかな？』

ＭＣの生徒が変なことを言い出し、ぎょっとした冷や汗が流れ始める。

会場が異様な熱気に包まれていって焦る。

「はいはーい、高梨《たかなし》さんが演奏しまーす！」

「……ちょ！　武藤さん！」

この陽キャ！　余計なことを！

観客の陰に隠れていた私を指さしながらアピールする武藤さんのせいでＭＣの生徒に居場所がバレてしまい、ステージ上のシンセサイザーで一曲弾かないといけない空気に。

もしセンパイが忘れてしまっても、私だけは絶対に覚えている。

「……センパイ、火をください」

「はいよ」

センパイが斜め前に身体《からだ》を傾け、私たちの距離がぐっと近づく。

花火の音がなかったらお互いの吐息まで聞こえそうなほどだ。

センパイの花火から吹き出ている炎に自分の花火の先端を近づけ、揺らしながら炙る。

……すると私の花火が豪快な炎を放出し、二つの炎がクロスした。

憧れていた。こういうふうに花火の炎で着火するのを。

好きな人から炎を分けてもらうのを。

たったの数十秒で花火の炎は消えてしまうから新しい花火に火を着けていく。

「うおーっ！　うわーっ！　楽しいーっ！」

「……センパイ、子供みたいなことやめてください」

両手に花火を持ったセンパイがぐるぐると回転し始めたので、色とりどりの鮮やかな火の粉が庭に散らばっていく。

「冬莉も一緒にやろうぜ！」

「……嫌です！」

「二人でやれば怖くないから！」

「……バカみたいで恥ずかしいんです！」

夏梅センパイが私の両手に花火を持たせ、ライターで着火させた。

「……きゃっ！　う、うわーっ！　た、楽しいぃ……！」

両手の先から激しく吹き出す炎にビビりつつ、センパイの真似《まね》をしながらぐるぐると回る……って、センパイが私にスマホのカメラを向けてる!?

炎が消えたので腹立たしいセンパイににじり寄り、手を伸ばした。

「……何してるんですか！　消してください！」

「恥じらいながら庭をぐるぐると回る冬莉を記録に残しておいた」

「……変なことやらせておいて最低です！　ばか！　うざっ！　きもっ！」

夏梅センパイはスマホを高く掲げているため、私の身長では背伸びをしても手が届かない。身体を密着させながらスマホを奪い取ろうと足掻《あが》く。

センパイの体温が伝わってくる。

胸板の厚さもわかる。心臓の鼓動も聞こえる。

怒っているふりをしながら、かけがえのない一瞬を密《ひそ》かに味わっていた。

一本の花火はたった数十秒で鎮火してしまい、あれだけの本数があったのに瞬く間に減り続けていく。どうして花火はすぐ消えてしまうのだろう。

永遠に燃え続けていればいいのに。

そうすればこの時間も終わらないのに。
今年最後の花火だとしても、夏梅センパイと一緒にする最後の花火にはしたくない。
来年も、再来年も、夏が来るたびに花火がしたい。
夏は嫌いだったけど、いつの間にか好きになった。
冬のほうが好きだったのに、夏のほうが好きになった。
私のとなりにセンパイがいない夏なんて……もう考えられないよ。
瞳に映るこの景色を。
センパイの温《ぬく》もりを。
喋《しゃべ》りかけてくれた声を。
私にくれた数々の表情を。
私が抱いている感情を。
あなたへの恋心を。
夏が来るたびに何度も思い返していきたい。
芽生え始めた一抹の寂しさは時間が経つにつれて大きく膨れ上がっていく。
「冬莉、どうした？」
「……いえ、なんでもないです」
花火の光を見詰めながら泣き出しそうになる私を……センパイが心配してくれた。

「泣きそうになってない？　お化けでも見たのか？　トイレにひとりで行けるか？」

「……センパイのばか！」

ムードが台無し。

でもこれでいいのだ。センパイにからかわれるのは……嫌いじゃないから。

とても甘いのに、切なさが滲《にじ》む。

相反する感情がぐちゃぐちゃに混ざって胸を締めつけてくる。

あれだけあった花火はもう二本しか残っていなかった。

私とセンパイのぶんの、線香花火。

「線香花火って上下どっちだっけ？」

「……どっちですかね？」

花火初心者、定番のやり取り。

線香花火の上下をスマホで調べ、細いほうに着火ライターで火を着ける。

小さい火の玉が先っぽに膨らみ、オレンジ色の美しい火花がぱちぱちと咲き始めた。

肩を並べながら屈んでいる私とセンパイ。

二人の視線は線香花火に注がれ、思わず見入ってしまう。

「……センパイ」

「ん？　なに？」

「……どうして私が武藤さんの誘いを最初に受けたのか、わかりましたか？」

「いや、わからない。どうして？」

疑問符を浮かべるセンパイのほうに視線を移した。

「……いつまでも、何年経っても、夏梅センパイに忘れないでいてほしかったんです。文化祭でピアノを弾いたなんて思い出……簡単に忘れられるわけないから」

「冬莉……？」

「……私との思い出を忘れてしまったとしても、たった一つでもいいから思い出してほしい。一番可愛《かわい》がってた後輩の姿を記憶の片隅にでもいいから残しておいてほしいんです」

「いきなりどうした……？」

事情がわからないセンパイは困惑の表情を浮かべる。

センパイは知らなくていい。教えてあげない。

センパイは優しいから、ほんとに優しくて思いやりのある人だから。

どうにかしようと思い悩んでしまうだろうし、恋心を捻《ね》じ曲《ま》げて私の恋人になってくれるかもしれない。

いや……違う。私の無意識な悪あがきなんだ。

失恋が確定しているのを認めたくなくて、心のどこかでは片思いを続けようとしている。

海果《うみか》の言葉が頭の中を巡る。

あなたに訪れた季節……〝忘却の夏〟を終わらせる方法は、現状維持の片思いを綺麗《きれい》に終わらせること。夏梅少年に想《おも》いを告げ、返事をもらうことです。

だから、告白しないといけない。

今日の日付が変わるまでに夏梅センパイから返事をもらわないといけない。

先ほどから告白の台詞《せりふ》を脳内でイメージしているのに、それが口から出てこない。

怯《おび》えている。拒否している。

告白しなくても忘却の夏は過ぎ去ってくれるんじゃないかって……思いたかった。

だって夏梅センパイはいつも通りで、いつもと同じように接してくれる。

いま、私の前にいる夏梅センパイは昔のまま。

一番可愛がってる後輩の立場まで失う、なんてとても信じられないから。

明日になっても、いつものセンパイが笑いかけてくれる。

「いままであったことも、そして今日あったことも……忘れないでいてください」

「ああ、忘れるわけないだろ」

「……明日になっても、センパイが卒業しても、お互いが社会人になっても……同じ思い出を何度も何度も……笑いながら話しましょう」

「お前は恥ずかしがったり怒ったりしそうだけどな」

「……夏梅センパイが変なことを言わなければ怒りません」

「冬莉の恥じらい顔や怒り顔を見たいから変なことはこれからも言う」

「……やめてください。怒りますよ」

「やめないから怒ってくれよ」

まったくこの能天気なセンパイは。

私の気も知らずにへらへらと笑っているなんて。

でも……それを見て思わず笑ってしまう私もどうかしてるんだろうなぁ。


線香花火の光が小さく萎《しぼ》んでいく。

終わらないで。

まだ話し足りないのに。

センパイと話したいことがたくさんあるのに。

花火という魔法は雰囲気に酔わせてくれるから、普段なら絶対に言えないことでもいまなら言えそうなのに。

夏の魔法が解けてしまったら何も言えなくなる。

花火が消えてしまったら……この想いは胸の奥に押し込められてしまう。

「……夏梅センパイ」

「なんだ？」

伝えたい。

言うタイミングはもう――ここしかない。

あなたのことが好きです。

たったそれだけの簡単な言葉が喉に痞《つか》えてしまって、苦しい。

だから私はこう言ってしまうのだ。


「……また来年も、二人で花火がしたいです」

――と。


夏梅センパイとの指切り。

好きな人との約束。

これは無意味な先延ばしにしかならないのを私だけは知っている。

先延ばしにした代償があることを知っている。

私たちの線香花火の光が地面にぽとりと落ちた。

二人同時に。まるで示し合わせたように。
残り一本だった線香花火が、消えた。

センパイの家からの帰り道。
私は自転車から降り、鳥居崎《とりいざき》海浜公園で静かに立ち止まった。
センパイの自主練を見守った場所で――
「……告白……できなかったな……」
夜空の下に揺れる黒い海に向かい、諦めたように嘆く。
誰も言葉を返してくれず、そこはかとない空《むな》しさと寂しさだけが残った。
音もなく唐突に訪れた忘却の夏。
できなかった。
初恋を潔く終わらせることができなかったよ。
その結果がどうなるのか知っているくせに。
私は臆病だから、はっきりとフラれるのが怖かった。
明確な言葉にせず濁したまま、曖昧な恋心のままでいたかったんだ。
「……好きだよ。夏梅センパイが、大好きです」

一人ぼっちの卑怯《ひきょう》な告白は誰にも届かない。

瑠璃色の夜空に散らばって、ただ消えていくだけ。

夏の終わりに訪れた幸せな時間は永遠には続かない。

今年最初で最後の花火は終わった。


あなたに告白できなかった夏も、終わる。

＊＊＊＊＊

週末に行われた文化祭の振り替えで翌日の月曜は休み。火曜日から通常授業が始まり、お祭り気分が抜けないままの生徒たちが怠《だる》そうに登校していた。

チャイムが鳴ったら席に座り、授業を受け、休み時間になったら友達と喋《しゃべ》って、チャイムが鳴ったら自分の席に戻って授業を受ける。

いつも通りの日常。先週と何も変わらない学校生活だった。

「高梨さーん！　お昼ごはん一緒に食べよう～っ！」

昼休みになった途端、武藤さんに声をかけてもらった。

これはいつも通りじゃない。

友達がいる日常は未知の世界だけど、これからはたくさん知っていける。

友達から昼食に誘われたのは初めてなので嬉《うれ》しかったが、私には行くべき場所があった。

「……すみません、今日はちょっと会いたい人がいて」

「ひょっとして彼氏⁉　友達に内緒で⁉　わたしにも紹介してくれないと困るよ！」

女子はこういう話にすぐ食いつくらしい。

瞳を輝かせた武藤さんに詰め寄られてしまい、たじたじになりながらもしつこい追及を躱《かわ》したころには昼休みの時間が少なくなっていた。

誘ってくれたことに感謝しつつ、今日のところは急ぎ足で体育館に向かう。

昼休みは残り十分を切っているけど、会いたい人がいるから。

本当に拍子抜けするくらいの平穏。

海果が現れたこと自体が夢だったんじゃないか、と思うほどだ。

渡り廊下を通り抜け、第二体育館に近づくと……耳に馴染《なじ》んだ音が聞こえてくる。

ボールが弾む音。心地の良いリズムを刻む青春の音。

今日が謹慎明けの、あの人にしか出せない様々な音が館内から漏れていた。

それだけで胸が高鳴ってくる。

いつも私をドキドキさせてくれる。

不気味なほど静まり返った広い空間には、たった一人の先客がいた。

後ろ姿だったけど、近くで見守ってきたシルエットを見間違えるはずがない。

「……夏梅センパイ」

その名を呼ぶ。

シュートを決めた直後のセンパイがこちらへ振り返る。

調子に乗りそうなので本人には絶対に言わないものの……シュートの余韻が残る後ろ姿がほんとにカッコいいから。

しばらく話しかけずに見入っていても良かったかな、と思ったりもした。

「……いつもは私のほうが早く来るのに、今日はセンパイに先を越されましたね」

そう、今日はお互いの位置が反対になった。

私のほうが体育館側からセンパイを待っているのがお決まりの構図なのに。

当然ながら景色も逆転しており、とても不思議な感覚だった。

「……武藤さんがお昼に誘ってくれたんです。すごく嬉《うれ》しかったんですけど、今日は用事があったので……また明日になりました」

夏梅センパイは私の前にいる。

待ち合わせなんてしていないのに昼休みはここに来てくれる。

忘却の夏は音もなく訪れ、きっと何事もなく過ぎ去ってくれたんだ。

そう信じているのに……胸に蔓延《はびこ》る不安はどこからくるのだろう。

気温は暖かいのに、どこか寒気のようなものに襲われる。

「……武藤さんが夏梅センパイのことを彼氏だと勘違いして……しばらく追及されちゃいました。だからここに来るのが遅れたんですよ」

センパイは困惑した表情を浮かべる。

いや、からかいの言葉を考えている顔かもしれない。

この人は私を怒らせる天才だ。

どんな失礼な台詞を言ってくるのか……ちょっと楽しみにしている自分がいる。

私は優しい後輩だから今日だけは許してあげよう。

ああ……でも、この人はバカで後輩の女子に怒られるのが好きらしいから、しばらくは許さないほうがいいのかな？

「……センパイも何か喋ってください」

「いや……あの」

「……腹が立ちます。私ばかりが話すなんて……不公平じゃないですか」

ほんとはもう気づいている。

「……普通ならセンパイがへらへらと話して私がツッコんだりするんですよ？」

夏梅センパイとの日常だけは、もう壊れている。

　自分に言い聞かせるような無意識の現実逃避が、私自身を追い詰めていく。

「……センパイ覚えてますか？　中学のころ自主練をしていたセンパイのボールが転がってきたとき……私たちは初めて会話しましたよね」

　認めたくないから、私は会話を続けてしまう。

　悪あがきを続けてしまう。

「……そのまま他愛《たあい》もないことを話すような関係になって……でも深い仲じゃなくて。会話がない昼休みでもセンパイの音を聴くのが好きでした。ボールが弾む音、靴底が床に擦《こす》れる音、ボールがネットを通り過ぎる音、センパイの息遣い……私にとってはどれも新鮮で心地よかったんです」

　夏梅センパイだけが奏でられる音が好き。

　マネージャーになってからも近くで聴き続けていた音が好き。

　センパイへ語り聞かせるように、大切だった瞬間を話し続ける。

「……大雨の日、私が帰れずにいたところにセンパイが来て一緒に帰りましたよね。一本の傘に入れてもらって……センパイの肩が濡《ぬ》れてました。私が濡れないようにって……センパイなりに気を遣ってくれたんですよね」

　センパイは優しかった。

　さり気ない気遣いが嬉しかった。

覚えている。

そのときの雨音も。

気まずさも。

となりを歩いていたセンパイの凛々《りり》しい横顔も。

私は——私だけは、はっきりと覚えている。

「……センパイが私の家に来たのもそのときでしたね。いつまでも雨が弱まらなかったから、お母さんがヒマ潰しに私の部屋でピアノを弾いてくれたんです」

センパイが私の部屋に初めて入ったのはこの日だった。

冬莉の部屋の匂いがするタオル〜みたいに毎回からかわれるけど、覚えていてもらえたのが実は嬉しかった。そう言われて喜ぶのも変だし、恥ずかしいから毎回怒ってたけど。

私は、ちょっぴり嬉しかったんだよ。

「それからセンパイは中学を卒業したので会う機会はなくなりました。二年前の合唱コンクールのあとに再会したあなたは……海浜公園のバスケコートで心地の良い音を聴かせてくれたんです。そして私を泣《な》き止《や》ませるために……おまじないをしてくれた」

夏梅センパイと再会し、私は再び〝意味〟を見つけた。

マネージャーとしてセンパイを支えたかった。

そばにいたかった。

私はあなたを、好きになった。


「……センパイも何か喋ってください……」

「ごめん、喋れないよ」

「……喋ってください。私との思い出……たくさんあるじゃないですか……」

「なんというか……もしかして人違いじゃないかな？」


やめて。

それだけは嫌だ。

もうわかっているから、あなたの口から言わないで。


「高梨が何を言ってるのか、一つもわからないんだ」


こうなるのはわかっていた。

見て見ぬふりをして、時間稼ぎをして、自分の気持ちからみっともなく逃げた。

傷つくのを恐れ、何もしなかった。

たった一言の告白ができなかった。

その結果が、目の前にある。

「僕がバスケ部にいたときにキミはマネージャーだったけどさ、僕たちってそんなにたくさん話してたっけか？　部活中に必要最低限のことを喋った印象しかないから……たぶん人違いだと思うんだけど」

他人行儀な話しかたが気持ち悪い。

よそよそしく『キミ』とか『高梨』と呼んでくるのが、そこはかとなく不快だった。

いまの夏梅センパイにとって高梨冬莉はバスケ部時代のマネージャー。

部活中に少しだけしか話さない顔見知りな後輩……センパイが卒業したら名前すらうろ覚えになるような希薄な間柄でしかなかった。

「……質《たち》の悪い冗談はやめてください。怒りますよ」

「こんな冗談を言い合えるような仲じゃないって知ってるだろ……？」

私だけが見抜いていた癖が、ない。

センパイがウソをつくときの癖が、一切ない。

こんな冗談を言い合える仲だった。そうだったのに。

この人は、違う。

「……センパイが好きなコーヒー豆の名前を……教えてください……」

「コーヒー豆……？　いきなりどうした……？」

「……いいから答えてください！」

センパイが本気で戸惑う顔が、嫌いだ。

私がそうさせた。私のせいでこうなった。

今年の夏は終わっても忘却の夏は過ぎ去ってはくれなかった。

「学校でよく飲むのは雪印コーヒーかな、紙パックのやつ。バンホーテンのミルクココアと雪印コーヒーは高校生の青春の味……って、これはコーヒー豆の名前じゃないよな」

――言葉を失う。

信じられない。信じたくない。悪夢なら早く覚めてほしいと願っているのに、この他人行儀で不快な人は目の前に存在し続けている。

たった数日前の思い出なのに。

私が好きなコーヒー豆をセンパイも好きになってくれたのに。

そんな日常の小さな一コマすら、容赦なく奪っていくのか。

「……忘れないって言ったじゃないですか」

唖然《あぜん》とした口から漏れた自分の小さな声。

喉から絞り出した声すら、昼休み終了の予鈴に掻《か》き消《け》されてしまう。

「教室に戻るから。高梨も部活がんばれよ」

ボールを片付けた夏梅センパイが私の横を通り過ぎる。
立ち尽くしたままの私とは目も合わせず、進行方向を見たまま遠ざかっていく。
かろうじて知り合いなだけの、ほぼ他人。
初めて会話したような遠い距離感が、ここにはあった。
「……人違いなんかじゃない!!」
さっさと立ち去ったセンパイの姿は、もうない。
私が叫んだ苛立《いらだ》ちは誰にも届かず、体育館に空《むな》しく反響するだけ。
私は……あなたと過ごした思い出を話しただけだ。
二人が共有している記憶をお互いに笑いながら喋《しゃべ》りたかっただけだ。
私のとなりにあなたがいてくれたときの気持ちを伝えただけだ。
好きな人との思い出を、好きな人に伝えただけだ。
一つもわからないなんてありえない。
広大な体育館に一人取り残され、夏梅センパイが発していた音もなくなった。
いとも簡単に失った。
積み上げてきた数々の思い出が一瞬で攫《さら》われていった。
センパイが一番可愛《かわい》がっている後輩、という立場すらも守れなかった。
私が告白を拒んだから。

楽なほうを選んだから。

もっと大切なものまで手放してしまった。

もしかしたら耐えられるかもしれないって思っていた。

心のどこかでは……失恋するよりマシだろうと。

自らに都合の良い勘違いをしていた。

勘違いをしていたかった。

心が焼けるような痛みは、自分の気持ちから逃げ続けてきた私への罰。

告白して気まずくなって関係が壊れてしまうくらいなら、いっそのこと忘れられたほうがいい。そんなのは臆病者の言い訳だ。

恋なんてしなければよかった。

夏梅センパイになんて、出会わなければよかった。

「……私は……夏梅センパイにとって……一番仲良しの後輩で……あなたが一番可愛がっていた後輩だったんです……」

間違えた。

すべてが間違っていた。

私は、受け入れられなかった。

その場で蹲《うずくま》るように泣き崩れ、しばらく動くことができなかった。

この悪夢はいつまでも覚めなかった。

どうすればよかったのだろう。


どうすれば、私たちは笑顔になれたのだろう。


わからない。

誰も教えてくれないから、わからない。

センパイ、教えて。

私のとなりで……優しく教えてよ。


この日以降、私は体育館に行かなくなった。

私の知っている大好きな夏梅センパイが、そこにいないから――

＊＊＊＊＊

私は冬が好きだ。凍える気温によって火照った頭を冷まし、好きな人を待ってるときの高揚感を落ち着かせてくれるから。

私の季節は――二ヵ月前の夏で止まっている。

あなたが近くにいない冬は退屈で、物足りなくて、寂しい。

友達はできたのに欠けた心が満たされることはない。

あなたがいない冬は、嫌いだ。

多くの木々は葉を枯らし、浜辺からも人が消えた木更津《きさらづ》は本格的な冬の準備を始めているかのよう。

人々は厚手のアウターを羽織り始め、冷たい風が吹くたびに肩を丸めている。

あの文化祭から約二ヵ月。

体育館に行かなくなった私は自分の教室で昼休みを過ごすようになっていた。

「最近、高梨さんがお兄さんと一緒にいるところを見かけないけど喧嘩《けんか》でもしたの？」

「……受験で忙しそうなので」

「お兄さんじゃないですってツッコむところでしょ！」

お昼ごはんを一緒に食べていた武藤さんが明るく振舞ってくれるけど、力の抜けた苦笑いを返すのが精いっぱい。

武藤さんなりに何かを感じ取って気を遣ってくれているのが申し訳なかった。

「次は移動教室だからそろそろ行きますかぁ～っ」

昼休みも残り僅か。午後の移動教室のために立ち上がった武藤さんにつられ、私も教科書や筆記用具を持ちながら立ち上がる。

「えー、待ってー。私たちも一緒に行くー」

クラスメイト数人も私と武藤さんに合流した。

あの文化祭以降、クラスメイトと話す機会が増えてきた。

移動教室のときはこうしてグループで移動するようになり、だらだらと女子トークしながら廊下を歩くのは未《いま》だに慣れない……でも、意外と悪くなかった。

私が一人じゃなくなったのは夏梅センパイが私の背中を押してくれたおかげ。

あの人が応援してくれたから……いまの高梨冬莉がある。

友達と思われてるかはわからないものの、同年代の人たちと他愛《たあい》もない話をする日常はとても贅沢《ぜいたく》に思えて眩《まぶ》しかった。

ずっと日陰を歩いてきた自分には眩しすぎるくらいだった。

「来年こそは合唱しようよ！　もちろん冬莉さんの伴奏で！」

クラスメイトの一人がそう言ってくれる。

「来年にはわたしも完全回復してるからピアノ弾けるよ～～？」

「あー、武藤はいいや。どうせまた骨でも折るでしょ。指揮者でもやっとけ」

「なんで!?　いつの間にか骨折キャラに!?」

武藤さんはすっかりイジられキャラだが、いつも元気で明るい言動が場を盛り上げてくれる。武藤さんを見ていると、いつの間にか私も笑っている。

でも、埋まらない。

ぽっかりと空いた穴のような傷は胸の奥に巣食い、鈍痛を生み出す。

それを作り笑いで誤魔化《ごまか》す日々はいつまで続くのだろうか。

センパイが卒業したら鈍痛は消えるのだろうか。


…………

……


正面のほうから数人の男子グループがこちらに歩いてくる。私たちと同じように教科書や筆記用具を手に持っているので、あちらも移動教室に向かうところなのだろう。

「夏梅はもうすぐ推薦入試だな。広瀬《ひろせ》先輩と同じ大学はさすがに難しいんじゃねえの？」

男子グループの一人が何気なく発した話題。

聞き間違いじゃなければ、知っている人の名前が出てきていた。

私から笑顔が消え、こちらに向かってくる彼らから目が離せなくなった。

「学力的にはきついかもしれないけど推薦ならどうにかなりそうだよ」

「謹慎くらった夏梅が推薦とか絶対落ちるだろ」

この三年生は推薦を控えているらしい。

その人は夏梅と呼ばれ、かつての私が見守っていたセンパイと同じ顔をしていた。

「夏梅は他の生徒を殴って謹慎になったんだよな。どうしてそんなことしたんだっけ？」

男子グループの一人がセンパイに何気なく問いかける。

「なんか許せないことがあった……気がする。めちゃくちゃ仲良かったやつを泣かした連中にブチ切れた……のかな？　どうだったっけか？」

「いや、現場にいなかった俺たちに聞かれてもわからねえよ」

「夏梅は殴られたから記憶が飛んだんじゃねーの？」

首を傾《かし》げるセンパイへの冗談めいた返しで男子グループに笑い声が咲いた。

私は、無意識に立ち止まってしまった。

ほんの微《かす》かにだけど……センパイの中に私たちの思い出は残っていた。

私のためにブチ切れたセンパイが他の生徒を殴って謹慎になった……それはよっぽど強い印象だったから、忘却の夏でも完全には忘れさせられなかったのかもしれない。

だからといって元通りの関係に戻るわけないのに、三年生の男子グループが私たちの横を通り過ぎていっても……私は呆然《ぼうぜん》と立ち尽くすことしかできなかった。

意を決し、振り返る。

すると……同じように振り返っていたセンパイと目が合った。

お互いの口は一切開かない。

どうしていいのか一切わからない。

お互いに無言のまま困惑の視線を交差させ続ける。

センパイにとっていまの私は繋《つな》がりの薄い後輩マネージャーの一人なのに。

「……そのお守り！」

思わず声を発したのは私のほうだった。

センパイの筆箱のファスナーにぶら下がっていたのは……キサラピアの観覧車であげた手作りのお守りだったから。

「ああ、これか。誰に貰《もら》ったのかは覚えてないんだけど、すごく安心するからつけてる」

その思い出をセンパイはもう忘れている。

忘却の夏に奪い去られてしまっている。

それでも……キサラピアに行った思い出は確かにあったんだ。存在していたんだ。

私だけの勘違いではなく、私とセンパイはキサラピアで観覧車に乗ったんだ。

「どうしたの？」

「……いえ……なんでも……」

すぐに目元を拭って涙を誤魔化す。

ここで泣き出したら変な子だと思われそうだから。

私が隙を見せようとも、いまのセンパイはからかってこない。軽口をたたかない。

そういう仲じゃない。仲良しの先輩後輩じゃない。

それが寂しすぎて……耐えがたかった。

「夏梅ぇ、早く行かないと授業に遅れるぞー」

友人と思われる男子に呼ばれ、夏梅センパイは再び背を向けた。

「高梨さーん、早く行かないと授業に遅れるよ〜っ！」

武藤さんに呼ばれ、センパイとは反対方向へ私も歩き出す。

それぞれの方向へ別れた私たちは、このまま別々の道に進んでいくのだろう。

お互いに背を向けた方向は、二度と交差しない方向でもある。

「白濱《しらはま》先輩と話さなくてよかったの？　ぎこちないというか……やっぱり喧嘩してる？」

不自然に感じたらしい武藤さんが疑問符を投げかけてくる。

「……私とセンパイは……仲良しの先輩後輩ではなくなったんです」

私たちは——このまま離れていく。

大好きだった人に二度と会わない日々が、始まる。


「忘却の夏を終わらせる方法はあるよ」

私の背後から、女の子の声がした。

私以外で忘却の夏を知っているのは一人しかいなかった。

後ろは振り返らない。

イルカの髪飾りをつけた女の子の姿は私にしか見えないだろうから。

「後輩ちゃんがもう一度だけ勇気を出したとき……忘却の夏は過ぎ去っていく」

「私にどうしろっていうんですか……？」

「後輩ちゃんがどうしたいのか、だよ。それは後輩ちゃん自身が一番よくわかってるはずだからねぇ」

女の子は背中越しに語り掛けてくる。

そして――

「わたし、夏梅少年と後輩ちゃんが仲良さそうにしてるのを見てるのが好きなんだぁ♪」

女の子は声音を軽やかに弾ませながら、私の片思いを応援してくれた。

＊＊＊＊＊

十二月の足音も聞こえ始め、灰色と白に塗り潰されている空が不機嫌そうに私たちを見下ろしている。とある人に呼び出され、私は鳥居崎海浜公園を訪れていた。

「冬莉ちゃん、こっちこっち～」

海が望める公園で待っていたのは、春瑠《はる》センパイ。

私よりも頭が良いし、背も高い。

誰もが見惚《みと》れる美人であり、大人っぽくて素敵な大学生だ。

私が持っていないものを持っている人だから、私は春瑠センパイに憧れている。

そういう人に夏梅センパイは恋焦がれている。

「どうしたの？　なんだか不安そうな顔してない？」

「……いえ、突然呼び出されたので」

「えへへ～、木更津に来たら可愛《かわい》い後輩たちに会いたくなるんだよね♪」

春瑠センパイが木更津に来たのは夏休み以来だと思う。

「……春瑠センパイが木更津に来た理由は……」

「もちろん気まぐれで帰ってきたぁ！　冬莉ちゃんと遊びたくて！」

「……たぶんウソだと思います」

「冬莉ちゃんと話したいから帰ってきたのは本当だよ？」

とぼけたような表情をする春瑠センパイの考えが読めない。

「わたしが冬莉ちゃんと出会ったのも、この場所だったよねぇ。夏梅くんの自主練に交ざろうとしたら冬莉ちゃんもいてさぁ」

「……いきなり綺麗《きれい》な人が来たので驚きました。人見知りの私はしばらく喋《しゃべ》らなくて……そしたら春瑠センパイがめちゃくちゃ話しかけてきましたよね」

「隅っこで大人しくなった冬莉ちゃんは借りてきた猫みたいで可愛《かわい》かったからさぁ～。わたしが近づくと警戒して動きが素早くなったりしてたなぁ～」

「……恥ずかしいのですぐに忘れてください」

「ネコ冬莉ちゃん、また見たいなぁ〜〜」

「……あれはもう現れませんから！　あの日だけですから！」

当時を思い出すと恥ずかしくなってくる……。

笑顔の春瑠センパイが近寄るたび、猫みたいに威嚇してしまったから。

「ずっと話しかけているうちに冬莉ちゃんも心を開いてくれてさ、三人で自主練するようになったよね。またあのころみたいに三人で自主練とかしたいなぁ」

春瑠センパイは過去を懐かしみながら微笑《ほほえ》んでいた。

「……春瑠センパイ」

「なーに？」

「……なんとなくわかってます。私に……話があるんですよね」

雑談から入ったことで場の空気は温まっており、舌が滑らかになってきた。

春瑠センパイなりに話しやすい空気を作ってくれていたのだろう。

「……海果ちゃんから全部聞いた。最近の冬莉ちゃんに訪れた季節のこと」

「……そうですか」

幸運のイルカはずいぶんとお節介なことをしてくれる。

そう、陽炎《かげろう》の夏に陥った春瑠センパイにも海果の声は届くのだ。

「そして冬莉ちゃんは……告白しないことを選んだんだね」

押し黙るほかない。

悔しさや無力感をぶつけるところがなくて、そのまま押し殺すしかなかった。

「どうして諦めるの？」

「……夏梅センパイは……春瑠センパイが好きだからです……」

喉から声を無理やり捻《ひね》りだし、残酷な現実を言葉にする。

夏梅センパイがずっと好きなのは春瑠センパイで、私ではない。

「だから、すぐに諦めたの？」

「……諦めるしか……ないじゃないですか！」

だから、見るからに勝ち目のない状況を大人しく受け入れるしかなかった。

「はっきり言うね。広瀬春瑠は……白濱夏梅を好きじゃない。もちろん後輩としては大好きだけど恋愛感情はないんだよ。これがわたしの……広瀬春瑠の現時点での気持ちです」

春瑠センパイは強固な瞳のまま、そう断言してみせた。

「夏梅くんは……やっぱりまだまだ仲良しの後輩くんなんだよねぇ。ずっと弟みたいに見てきたからさ、晴太郎《せいたろう》先輩みたいには見れないよ」

「……でも……夏梅センパイは……春瑠センパイのことが……」

「関係ない。夏梅くんも、わたしも……冬莉ちゃんが気持ちを誤魔化《ごまか》す言い訳にはなりたくない。わたしが知りたいのは冬莉ちゃんの気持ちだけだから」

私の気持ち。私がいま、どうしたいのか。

「冬莉ちゃん、わたしは怒ってるんだよ。あなたは夏梅くんを知っているふりをして、肝心なところからは目を背けてる。夏梅くんを見くびってる」

「……春瑠センパイ……」

「夏梅くんはわたしが育てた後輩だよ？　冬莉ちゃんが告ったくらいで関係が変わってしまうような態度を取るような人じゃないし、もしフラれたとしても夏梅くんは〝一番仲良しのセンパイ〟のままでいてくれるに決まってる」

若干の怒りを滲《にじ》ませながら春瑠センパイは叱咤《しった》してくれる。

こういう人が身近にいてくれるのが本当にありがたいと思った。

「以上！　晴太郎先輩に告白できなくてずっと後悔していた人の戯言《たわごと》でした！」

苦笑いで自虐を挟むのも春瑠センパイらしい。

「わたしは初恋の人に告白できずに終わったけど、冬梨ちゃんは告白をやり直せる。だって夏梅くんはいまも冬梨ちゃんの近くにいるんだから」

春瑠センパイにとって私の気持ちは手に取るようにわかるのだ。

かつての春瑠センパイと……どこか似ているから。

「話が逸れるんだけど、夏梅くんと冬莉ちゃんの三人で居残り練習したとき――」

「……夏梅センパイと私が口喧嘩《くちげんか》して、夏梅センパイの煽《あお》りにキレた私がシュートを打ったけど一本も入らなかったうえに躓《つまず》いて転んだ話ですよね」

「そうそう、それ！　先に言われちゃったぁ」

「……私は忘れたいんですが、夏梅センパイがたまに思い出し笑いをしていたので」

夏の終わりの体育館でも夏梅センパイは思い出し笑いをしていた。

いまのセンパイは私との思い出を奪われ……もう覚えていないだろうけど。

「冬莉ちゃんは豪語してみせたね。シュートを決めて夏梅くんに望みを叶《かな》えさせるって」

「……あんな発言は本気じゃなくて、勢い任せに言い返しただけです。リングに届きもしない私には無理だって……夏梅センパイもわかっていたから」

「もし一本でも成功したら、それは冬莉ちゃんの背中を押してくれるんじゃないかな。夏梅くんが望みを叶えてくれるなんて特権がもらえるんだよ？」

「……春瑠……センパイ」

「いまの冬莉ちゃんにとってこれほど自信になる約束はないと思う。夏梅くんが言い出したことなんだから、夏梅くんには冬莉ちゃんの願いを叶えてあげる義務がある」

足元に用意されていたボールを春瑠センパイが拾い上げ、私に手渡してくれる。

「わたしが証人になるよ。夏梅くんが口約束を誤魔化さないように」

私の身近にいる人は、ほんとに良い人ばかりだ。私にとって恋敵の春瑠センパイですら、後輩の片思いが実るように応援してくれるのだから。

「……この一本が決まったら、私はセンパイのところに行きます」

これは今まで一度も成功しなかった願掛けであり、無意識に失敗させて逃げる口実にしていた言い訳の行動だった。

両手で挟むようにボールを持ち、ゴール前に立つ。

イメージするのは夏梅センパイのフリースロー。

その場でドリブルを二回ほど行い、左の手のひらでボールをくるくると回す……これが夏梅センパイのフリースロールーティンだ。

見よう見まねの動作をぎこちなく熟《こな》し、集中力が高まっていく。

音量が下がっていくように雑音が遠くなり、自分だけの世界に包まれていく。

無意識に力を抜いたり、逆に力が入りすぎたりしていたのは願掛けから逃げていたため。

いまは自然体でいられる。

フリースローを決めて夏梅センパイに告白したいから。

両膝を曲げて腰を落とし、不格好なフォームから放つ。

山なりの軌道でゴールに吸い寄せられたボールは……リングに嫌われ、鈍い金属音と共に外側へ弾《はじ》かれてしまった。最も可能性を感じたスリースローだったのに、こうなるんだ。

大きく息を吐き、肩の力がすとんと抜ける。

やっぱり私は心のどこかで逃げているのだろうか——

告白せずに、このまま会わなければ——

「ジャンプすると身体《からだ》が浮いて精度が少し落ちるから、フリースローは上半身と手首のスナップで打つ感じかな。ゴールを見るのは打つ瞬間だけにしてみよう」

ボールを拾った春瑠センパイが、私に優しくパスする。

「できるよ、冬莉ちゃんなら。だってあなたは……わたしと夏梅くんがずっと可愛がってる一番の後輩なんだから！」

部活の後輩を面倒見るようにアドバイスしてくれた春瑠センパイが柔らかく微笑み、すぐ近くから見守っていてくれる。

再びゴールの前に立ち、夏梅ルーティンを挟んで腰を落とす。

ボールに突き刺していた視線をゴールへ。今度は足の爪先を地面から放さずに踵《かかと》だけを浮かせながら、手首のスナップで——ボールを軽やかに押し出した。

無音だった。重力から解き放たれた感覚に似ていた。

山なりの軌道でゴールへと向かうボールが、スローモーションに見えた。

無音を終わらせたのは、リングを通り抜ける音。

くだらない口喧嘩が生んだ幼稚な口約束から数年——

ようやく……最初のシュートが決まったのだ。

「……私のフリースローが決まるのは……これが最初で最後だと思います」

「そうかもしれないね。夏梅くんへの想《おも》いが、たぶん打たせてくれたんだと思う」

曇り模様だった心が晴れやかになっており、怖いものはもうなかった。

お節介な年上のお姉さんが、私の迷いを綺麗さっぱりと消し去ってくれたから。

「冬莉ちゃんがどうしたいか、を聞かせて」

いまの私がどうしたいか。

夏梅センパイの気持ちは関係ない。

自分の素直な気持ちに従えばいい。

たったそれだけでいいのだから、あと一歩……前に踏み出す勇気が欲しかった。

「……私は……夏梅センパイの恋人になりたい！　春瑠センパイに負けたくない！　春瑠センパイと同じ大学に行ってほしくない！」

そしてこれが——嘘《うそ》偽りのない本音だ。

「……夏梅センパイに告白したい！　好きな気持ちが……もう抑えられないから！」

見慣れすぎた地元の海へ吐き出すように、叫んだ。

溜《た》まりに溜まった重い感情が言葉となって放出され、心なしか身体が軽くなった。

「夏休みのときはここで冬莉ちゃんに怒られたけど、今度は反対になったね」

「……そうですね。見事に逆転しちゃいました」

お互いに慎《つつ》ましく笑う。

夏梅センパイ、そして春瑠センパイ。私は二人のセンパイにお世話になりっぱなしで、これからも甘えさせてもらいたいと思った。

それが年下の特権。センパイたちの背中を見て後輩は育つから。

「夏梅くん、今日が推薦入試だよ。たぶん次の電車に乗ると思う」

夏梅センパイとのメッセージ欄をスマホで見せながら意味深に呟《つぶや》いた春瑠センパイ。

入試の日程や電車に乗る時刻を事前に聞き出していたようだ。

私のために。

臆病で逃げ続けてきた情けない後輩のために。

だから私は、行かなきゃいけない。

「行ってらっしゃい。とっても手間のかかる可愛《かわい》い後輩よ！」

春瑠センパイに送り出され――私は走り出した。

私の周りはお節介な人が多すぎる。

終わらせにいくから。

私の初恋を。

不可思議な現象によって捻《ね》じ曲《ま》がった歪《いびつ》な関係を、壊すんだ。

木更津駅西口前。
不機嫌だった灰色の空がついに泣き出し、目に見える世界に白い欠片《かけら》が舞っていた。
十一月の雪なんて……いつ以来だろう。
悴《かじか》んできた手に白い息を吹きかけ、やがて来るであろうセンパイを待つ。
冬は好きだ。
好きな人と一緒にいるときの緩んだ口元をマフラーで隠せるから。
好きな人が嬉《うれ》しい言葉をくれたときに顔が赤くなるのを寒さのせいにできるから。
夏梅センパイを待つのは得意だ。
これまでに自主練で何度も待ち合わせをしてきたから。
だから……ドキドキしている。

待っているあいだ、様々なことを思い返していた。

中学の体育館で夏梅センパイと最初に交わした会話。
夏梅センパイが自主練で何度も聴かせてくれた青春の音。
二人で相合傘をしながら帰った気まずさ。
海浜公園のバスケコートでくれたおまじない。

好意を自覚したときに大きく吐いた息の熱さ。
夏梅センパイと一緒に食べるポークソテーライスの美味《おい》しさ。
夏梅センパイのバイクに乗せてもらったときに感じた海風の匂い。
無許可でピアノを弾き、怒りにきた先生から二人で逃げたときのドキドキした気持ち。
キサラピアで観覧車に乗った胸の高鳴りと、お守りを渡したときの恥じらい。
毎朝起こしに行ったときの寝ぼけた顔や歯磨き粉をつけた間抜けな顔。
朝の通学路で小突き合いながら歩いたバカバカしさ。
私の部屋で二人きりになった状況での嬉《うれ》しい動揺。
文化祭への参加を迷っていた私にセンパイがくれた励ましの言葉。
私のために相手を殴った怒りの形相。
謹慎中なのに私の部屋に来て布団の匂いを嗅いでいった変態さ。
引きこもっていた私に向けてドア越しに語り掛けてくれた優しい声。
謹慎中なのに文化祭の体育館に突入してきて私に勇気をくれたカッコいい姿。
花火を二本持ちながらはしゃぐ子供っぽさ。
来年も花火をしよう、と約束しながらの指切り。
線香花火をしながら寄り添ったときの切ない感情。
最後の線香花火が消えた瞬間の、空《むな》しさ。

夏梅センパイのおかげで夏も大好きになった。

夏の思い出をたくさん作ることができたから、来年の夏が待ち遠しくなった。

でも……あなたがいない季節は退屈で、物足りなくて、寂しい。

ようやく気づいた。

夏だろうと冬だろうと季節なんてどうでもよかった。

夏梅センパイが近くにいてくれる日々が、たまらなく好きだったんだ。


…………

……


遠目からでも誰なのかわかる。

すぐ近くで何度も見守ってきた姿だから間違えない。

制服を着た夏梅センパイが駅前にやってきたのだ。

いまの私は行き交う通行人の一人でしかなく、もしかしたらセンパイは気づかないかもしれない。

あるいは気づいていても無視して先を急ぐかもしれない。

弱い心が露呈して逃げ出しそうになる足を、どうにかその場に止《とど》め続けた。

私は終わらせにきた。

未《いま》だに過ぎ去ってくれない忘却の夏を。

時間稼ぎを続けた片思いを。

綺麗《きれい》さっぱり終わらせにきた。

私の前を通り過ぎようとしたセンパイだったが……

おもむろに足を止める。

「文化祭以降、キミを見てると……不思議な感覚になるんだ」

ゆっくりと語り掛けてきたセンパイの声は、脆弱《ぜいじゃく》に震えていた。

「高梨のことはよく知らないのに……二人で仲良く話してるような記憶が一瞬だけチラついたりする。一緒に自主練したり、高梨の家に行ったり、文化祭に出たり……花火もしたり……わからない……どうしてこんなに胸が痛くなるんだよ……！」

激しく動揺した様子のセンパイは視線が定まらず、声音が顕著に乱れ始める。

辛《つら》かった。

こんなセンパイを目の当たりにしたことがなかったから。

「あのお守りは誰からもらった……耳に残るピアノの音色は誰が弾いてた……頭の中に白く靄《もや》がかかったみたいになってさ、思い出せないんだ……」

「……センパイ」

「スマホにも高梨が楽しそうに花火をしてる動画が残っててさ……僕の声も入ってた……知らないのに……高梨と花火なんてしてないのに……こんなのおかしいだろ……」

おかしくない。

私たちは夏の終わりを隣り合わせで過ごした。

気のせいじゃない。思い違いでは絶対に終わらせない。

あったんだよ。

私とセンパイが心から笑い合っていた最高の夏が。

間違いなく、あったんだ。

「高梨を見るたびに胸騒ぎがして……どうしていいのかわからない……」

自供するように声を絞り出すセンパイは、足元へ視線を落とす。

「ごめんな……高梨……なんかごめん……」

そして……センパイは謝りながら一筋の涙を零《こぼ》した。

もどかしさに胸が締めつけられ、強く握りしめた自分の手が震え、居ても立ってもいられなくなった。

じっとしていられない。待っていられない。

自分の意思とは関係なく自然と身体が動いていた。

「……センパイは泣き虫ですね。まるで後輩の誰かさんみたいです」

センパイに歩み寄った私は、そっと抱き締めた。

不安そうに震える身体を包み込んであげるように、優しく。

大好きな人の体温。これだけで心地よい。

「……センパイが泣き止《なや》むようにおまじないです。いつかのあなたが、私を泣き止ませてくれたように」

「僕は子供かよ……」

「……子供じゃないですか。くだらないことでからかってきたり、タオルの匂いを嗅いできたり、私がはしゃいでる姿を許可なく撮影したり、殴り合いの喧嘩《けんか》をしたり、謹慎中にふらふらと出歩いたり、こうやってすぐに泣いたり」

「そんなことした覚えがないんだけど……」

「……してたんです。夏梅センパイはバカなので……こういう人なんです」

いつの間にか夏梅センパイは泣き止んでいたが、私は抱き締めるのをやめない。

私がそうしたいのだから、やめてやらない。

「……そろそろ放してくれ」

「……どうしてですか？」

「……恥ずかしい」

「……嫌です。今日くらいは恋人同士に見えたっていいじゃないですか」

駅前ロータリーの前で抱き合う二人……というより私が一方的に抱き寄せているだけなんだけど、通行人の生暖かい眼差《まなざ》しなど気にも留めない。

しばらくこのままでいたかった。

お互いに身動きせずに、ただただ温《ぬく》もりだけを分かちあっていたかった。

このまま……時間が止まってほしかった。

「……早く行かないと電車に遅れる」

「……電車に遅れてほしいんです」

「……受験に遅刻する」

「……春瑠センパイと同じ大学に行ってほしくないので遅刻してください」

心底困ったような顔をするセンパイがとても愛らしい。

「高梨は何しに来たんだよ……」

「……センパイの恋を妨害しに来たんです」

「ヒマじゃん」

「……私にとっては大仕事なんです」

苦笑いを返される。

「……ずっと言ってたじゃないですか。私はあなたの恋を応援しないって」

「言われたことがないからこうして戸惑ってるんだろ……」

「……言ったんです。センパイが勝手に忘れてしまっただけで、私は言ったんです」

私たちは自然なタイミングで離れ、お互いに正面から向き合った。

むず痒《かゆ》い沈黙も心地よい。

顕著に高まり続ける心臓の鼓動がうるさい。

夏梅センパイは名残惜しそうな顔をしながらも、ちらりと腕時計を見た。

「……それじゃあ、もう行くよ」

そう言い残した夏梅センパイは駅の入り口へと歩み始める。

このまま別れてしまったら二度と話す機会はないと……直感が騒ぎ立ててくる。

徐々に遠くなっていく背中を――

「……夏梅センパイ」

私は、呼び止めた。

振り返りざまのセンパイへ、さらっとしぼったオレンジの缶を投げ渡す。

センパイは驚きつつも手慣れた動作でキャッチしてみせた。

バスケ部時代にジュースを差し入れしていた思い出を忘れているとしても、私が缶を投げるタイミングを夏梅センパイの身体《からだ》は覚えているのだ。

思い出が消えたとしてもセンパイが別人になったわけじゃない。

あったんだ。センパイと過ごした大切な季節が、確かに存在してたんだ。

「……やっぱりダメでした」

「え……？」

「……夏梅センパイに告白して関係が壊れてしまうくらいなら、いっそのこと赤の他人のような距離感に戻ったほうが誰も傷つかないかなって……だから私は花火の日に想《おも》いを告げませんでした。でも……それは自分自身を誤魔化すためのウソだったんです」

そう、これはただの言い訳。自分の気持ちに目を瞑《つぶ》るためのウソ。

「……私は勇気がなかった。たとえ恋人になれなくても夏梅センパイがいつもと変わらないのはわかっているのに……センパイにフラれるのが確定している未来が怖くて逃げた。それだけだったんです」

「高梨……なにを言って……？」

「……無理です。その他人行儀な呼びかたもノリが悪い距離感も……一度もからかってこない真面目さも、何もかもが私の好きなセンパイじゃない。それが寂しくて、苦しくて……耐えられない。センパイにとって仲良しの後輩じゃなくなるのが、こんなにも辛いって……初めて知った。センパイと離れて……ようやく知ることができました」

私は告げる。

真正面から堂々と伝えることができる。

「──だから高梨冬莉は、あなたにフラれることを選びます。仲良しの後輩に戻るために」

中学から抱えてきた、初恋を。

夏に終わらせられなかった片思いを。

雪が降り始めた冬の始めに、私が好きな季節に、終わらせる。

「……夏梅センパイのことが大好きです。センパイだけのマネージャーより」

長すぎた夏が、音もたてずに終わる。

忘却の夏が過ぎ去っていく。

「……ありがとう、冬莉」

夏梅センパイが穏やかに微笑《ほほえ》む。

一気に近くなった距離が、私を安心させてくれる。

「ごめん。僕は……子供のころからずっと好きな人がいるんだ」

知りすぎている。

こうなることは、最初からわかっていた。

「……知ってました。こうなること……わかってました」

必死に強がってみる。

声が震えないように。表情が崩れないように。

私は、懸命に強がってみせた。

取り繕った余裕を保っていられるように。

夏梅センパイが……罪悪感を覚えないように。

「ちなみにその相手は大学生の美人お姉さんなんだ」

「……それも知りすぎていますよ、センパイ」

「応援してくれ」

「……応援なんて絶対しません。早くフラれてください」

応援なんてしてやらない。

夏梅センパイの片思いが実らないように、見守る。

フラれたセンパイの愚痴を聞いてあげて慰めてあげる。

それが私にできる細やかな抵抗であり、唯一の悪あがき。

「さっき抱き締められたとき……お前の良い匂いがした」

「……怒りますよ」

「お前に怒られるのは嫌いじゃないから怒っていいよ」

「……ばか。ばか。ばか。ばか」

ああ、これだ。私の大好きなセンパイだ。

夏梅センパイにからかわれた私は怒るふりをしつつ、実はちょっぴり嬉《うれ》しいんだ。

「……さっきフリースローを一本打って決めてきたんですけど、望みを叶《かな》えてくれる約束……まだ有効ですか？」

私だけが一方的にフラれるのは腹が立つから、もう一つだけ悪知恵を働かせてみる。

本当は二本打ったけど、カッコつけたい年頃なのだ。

「ああ、僕にできることなら叶えるよ」

「……その場面を見ていないのに、あっさりと信じてくれるんですね」

「いまさっき春瑠センパイから動画が届いてた。お前がフリースローを決めた場面のな」

センパイが見せてくれたスマホの画面には、添付された動画と春瑠センパイの【わたしが証人！】というメッセージが表示されていた。

夏梅センパイが惚《ほ》れてしまうのも無理ないよ、こんなの。

あの人はズルいくらいに優しくて、頼りになって、後輩想いだ。

もし私のほうが夏梅センパイと先に出会っていたとしても、夏梅センパイは春瑠センパイに惚れてたんだろうな。

「このメッセージが届いたときには意味がよくわからなかったけど、お前から告白された瞬間……この動画の意味を思い出したよ」

私の告白により、センパイは私との思い出をすべて取り戻してくれた。

もちろん、どうでもいい口喧嘩の勢い任せだった口約束も。

「……それでは、センパイに望みを叶えてもらいましょう」

「僕にできること、だからな。あとお金もそんなに持ってないぞ」

どんな要求をされるのかを心配したセンパイの様子がおもしろい。

深呼吸して心を落ち着かせた私は、センパイの瞳を真正面から見据える。


「……私に告白してください、夏梅センパイ」

私には救いであり残酷でもある望みだと察したのか、センパイは一瞬だけ目を伏せる。

「それでいいのか？」

「ええ、それだけが私の望みです。さっさと叶えてください、センパイ」

夏梅センパイは苦しそうに瞳を細めながらも……優しい眼差しへと切り替わった。

「冬莉のことを一番仲良しの後輩だと思ってたけどさ、やっぱりお前のことが好きだ。先輩後輩の関係じゃなくて……お前と恋人になりたい」

「……そうですか。センパイは私と恋人になりたいんですか」

「ああ、僕の彼女になってほしい。大好きだ」

これでいい。

これが……フラれた後輩による自己満足な反撃だ。

「……ごめんなさい。私は一途な人が好きなので……年上のお姉さんに惚れてるくせに後輩にも告白するような浮気性の人とは付き合えません」

「そっか、僕はフラれたんだな」

「……そうです、センパイはフラれたんです。片思いを拗《こじ》らせてる人はお断りなんです」

「お前も似たようなものだろ」

「……そうでしたね。私も拗らせている側の人間でした」

私が一方的にフラれたんじゃない。

夏梅センパイが私に告白し、余裕ぶった私があっさりとフった。

そんな茶番を心の拠《よ》り所《どころ》にすれば、この瞬間を笑い話として思い出せる。

意味不明なやり取りをさせてごめんね、センパイ。

そうでもしないと——私はこの場で泣き崩れ、センパイを困らせてしまいそうだから。

痛くて苦しい出来事として残るのは嫌だったから。

未練がましい後輩のみっともない反撃を、どうか許してください。

「……気持ち悪いセンパイなんて、さっさとフラれて次の恋を見つけてください」

私は次の恋なんて見つけないけど、センパイは早く次の恋へと進んでほしい。

仲良しの後輩である高梨冬莉の魅力に気づき、さっさと恋をしてほしい。

辛辣なことを遠慮なく言いつつ、先輩想いの優しい後輩はこうも言ってあげるのだ。

「もし夏梅センパイが好きな人にフラれたら、そのときは私が彼女になってあげますね」


大好きなセンパイは、ここにいた。

いまの私は、きっと笑顔だ。

高校二年生の冬。

私の拗らせすぎた初恋が、ようやく終わる。

エピローグ

夏梅《なつめ》センパイが電車に乗ったあとの駅前。

大粒の雪が町をほのかに白く染めるのを眺めながら、私は一人残っていた。

力が抜けて動けない。

膝が笑ったように震え、その場で立ち尽くす。

夏梅センパイに告白した直後は気持ちが大きくなり、どんな強がりの台詞《せりふ》でも口走ることができた。

だけどそれは、精いっぱいの強がりだった。

無理やりな笑顔を引っ張り出し、剝《む》き出しの脆《もろ》い部分を曝《さら》けださないようにした。


私は、夏梅センパイにフラれた。


覚悟はしていた。

すんなりと受け入れ、すっきりとした心境で次に進むつもりだった。

忘却の夏も過ぎ去って……誰も傷つかないと思っていた。

雪が降り続く空模様は——私の感情を表しているかのよう。

時間が経《た》つにつれ、胸に打ち込まれた喪失感が弱い心を覆い尽くしていく。

「……フラれたんだ、私は」

まるで他人事《ひとごと》の独り言が無意識に零《こぼ》れ落ちた。

大丈夫。意外とダメージは少ない。

今日はちょっと落ち込んでいるだろうけど、明日になったらいつもの高梨冬莉《たかなしとうり》に戻る。

そうだ、友達に愚痴を聞いてもらおう。

武藤《むとう》さんやホマキとラーメンでも食べに行ったときに、センパイのムカつくところをたくさん話して憂さ晴らしをしよう。

そうすれば晴れやかで清々《すがすが》しく、失恋から立ち直れる。

安っぽい慰めの言葉を言い聞かせてみても自分自身は誤魔化《ごまか》せなくて、じくじくとした痛みが徐々に大きくなってきて――

生じた痛みが、冷たい涙に変わる。

「……夏梅センパイのこと……こんなに好きなのにな……」

行き場を失った想《おも》いが止めどなく溢《あふ》れる。

ああ、だめだ。

笑うことなんてできやしなかった。

どんなに好きだとしても、向こうが好きになってくれることはない。

清々しい失恋なんて最初から無理だった。

センパイに気づかされたよ。

私……想像以上に本気の恋をしていたんだ。

あとどれだけ泣けば、私は忘れられるのだろう。

夏梅センパイへの恋心を手放せるのだろう。

通行人に心配の目を向けられてしまうくらいの涙が目元を水没させ、頰《ほお》を伝い続ける。

ぼろぼろと零れ落ちる涙を拭うこともせず、頭に積もってきた冷たい雪を払うこともせず、夏梅センパイがいなくなった駅前で……ひたすら泣いた。

ただただ、子供のように泣いていた。


たぶんこれが、最初で最後の恋。


届かなかった。

私の初恋は、届かなかったよ。

忘れたい思い出ほど簡単には忘れられない。

初めて感じる失恋の痛みを、私は冬が来るたびに思い出す。

あとがき

終わった初恋を忘れさせてよ、後輩くん。

春瑠《はる》の台詞《せりふ》を思いついた瞬間に発想が広がっていき、そこから物語が生まれました。

ご無沙汰しています、著者のあまさきみりとです。

『忘れさせてよ、後輩くん。』が本になって皆様に読んでもらえるのが嬉《うれ》しいですし、へちま先生の素敵すぎるイラストによって世界が彩られていくのも本当に幸せです。

第一巻にはあとがきがなかったので、こうして挨拶するのもお久しぶりでしょうか。

……というのも一巻の制作時はページ数の都合で『エピローグを書くか、あとがきを書くか』という二択になってしまい、あとがきを泣く泣く削りました。

そういうわけなので今回は一巻と二巻を合わせたあとがきにさせてください。

今作の舞台は千葉県の木更津《きさらづ》です。

アクアラインや恋人の聖地、観覧車パーク、海中電柱、タヌキ……などローカル色が印象的な町だったため、海沿いの夏を描くにはこれ以上ない最高の場所だと思いました。

幸運のイルカを自称する海果《うみか》がタヌキちゃんとして可愛《かわい》がられているのも、舞台が木更津ならではのやり取りです。もし海果タヌキと出会ったら海辺で遊びたいよね。

木更津に行ったら海果を探してみてください……と言いたいところですが、彼女の姿が見えた人は不思議な季節が訪れるかもしれないので出会わないほうがいいのでは？

実を言うと第一巻に登場した江川《えがわ》海岸の海中電柱や海浜公園プールはもう存在しないいんですよね。この話を考え始めた時期が２０１９年の夏。そのころにはまだ現存していたものの、本編を書き始めたころには電柱は撤去されてプールは営業終了してしまったんです。

でも、物語を変えたくなかったのでそのまま書きました。見逃してください。

一巻のエピローグは二巻へのプロローグにもなっていたことにお気づきでしょうか。

冬莉《とうり》が海果を見た瞬間からもう第二巻は始まっていたんです。

未《いま》だに誰の恋も実らず、両想《りょうおも》いが誰もいない。みんなが一方通行の状態です。

しかし、恋愛というのは一度フラれたら綺麗《きれい》に終わるものではありません。

夏梅《なつめ》への恋心が人一倍強い冬莉があっさりと諦められるわけがなくて、自分の想いにすぐ区切りをつけられるような潔い性格でもないんです。

だって――冬莉は夏梅のことが本当に大好きだったから。

しばらくは痛みとして引きずりながらも、またいつか勇気を出すかもしれません。

冬莉の恋は、ひっそりと続いていきます。

冬莉自身がどう思っているのかはわかりませんが、僕はそう思っています。

忘《わす》れさせてよ、後輩《こうはい》くん。２

著　　あまさきみりと

角川スニーカー文庫　23170
2022年７月１日　初版発行

発行者　青柳昌行
発　行　株式会社KADOKAWA
〒102-8177 東京都千代田区富士見2-13-3
電話　0570-002-301（ナビダイヤル）

印刷所　株式会社暁印刷
製本所　本間製本株式会社

◇◇◇

●お問い合わせ
https://www.kadokawa.co.jp/（「お問い合わせ」へお進みください）
※内容によっては、お答えできない場合があります。
※サポートは日本国内のみとさせていただきます。
※Japanese text only

Printed in Japan　ISBN 978-4-04-112425-3　C0193

★ご意見、ご感想をお送りください★
〒102-8177 東京都千代田区富士見 2-13-3
株式会社KADOKAWA　角川スニーカー文庫編集部気付
「あまさきみりと」先生「へちま」先生

角川文庫発刊に際して

角　川　源　義

第二次世界大戦の敗北は、軍事力の敗北であった以上に、私たちの若い文化力の敗退であった。私たちの文化が戦争に対して如何に無力であり、単なるあだ花に過ぎなかったかを、私たちは身を以て体験し痛感した。西洋近代文化の摂取にとって、明治以後八十年の歳月は決して短かすぎたとは言えない。にもかかわらず、近代文化の伝統を確立し、自由な批判と柔軟な良識に富む文化層として自らを形成することに私たちは失敗して来た。そしてこれは、各層への文化の普及滲透を任務とする出版人の責任でもあった。

一九四五年以来、私たちは再び振出しに戻り、第一歩から踏み出すことを余儀なくされた。これは大きな不幸ではあるが、反面、これまでの混沌・未熟・歪曲の中にあった我が国の文化に秩序と確たる基礎を齎らすためには絶好の機会でもある。角川書店は、このような祖国の文化的危機にあたり、微力をも顧みず再建の礎石たるべき抱負と決意とをもって出発したが、ここに創立以来の念願を果すべく角川文庫を発刊する。これまで刊行されたあらゆる全集叢書文庫類の長所と短所とを検討し、古今東西の不朽の典籍を、良心的編集のもとに、廉価に、そして書架にふさわしい美本として、多くのひとびとに提供しようとする。しかし私たちは徒らに百科全書的な知識のジレッタントを作ることを目的とせず、あくまで祖国の文化に秩序と再建への道を示し、この文庫を角川書店の栄ある事業として、今後永久に継続発展せしめ、学芸と教養との殿堂として大成せんことを期したい。多くの読書子の愛情ある忠言と支持とによって、この希望と抱負とを完遂せしめられんことを願う。

一九四九年五月三日